ATRÉVETE A SOÑAR

LA HISTORIA DE **ONE DIRECTION**

100% OFICIAL

ATRÉVETE A SOÑAR

LA HISTORIA DE **ONE DIRECTION**

INTRODUCCIÓN

¡Bienvenidas a nuestro libro! Casi no nos lo podemos creer. Muchas gracias por comprarlo. Esperamos que lo disfrutéis de principio a fin.

Nosotros nos hemos divertido muchísimo escribiéndolo y recordando todos los momentos locos, divertidos y emotivos que hemos vivido hasta ahora. Y creednos: han sido muchos. Queremos compartir todo lo que podamos con vosotras así que dentro de estas páginas encontraréis los buenos y los malos ratos que hemos pasado, averiguaréis cómo nos llevamos entre nosotros y descubriréis nuestros grandes planes de futuro.

Es alucinante pensar en todo lo que nos ha ocurrido en tan poco tiempo. Hace unos dos años estábamos dando nuestros primeros pasos en «Factor X». Desde entonces hemos viajado un montón, hemos aprendido muchísimo y hemos creado música de la cual nos sentimos enormemente orgullosos y esperamos que os guste.

No es ninguna exageración decir que estamos viviendo el mejor momento de nuestras vidas, y eso no hubiera sido posible sin vosotras. Gracias por vuestro increíble apoyo. Lo es todo para nosotros y os queremos. Brindemos por los muchos y buenos momentos que aún están por llegar.

Con cariño,

Harry S .x

HARRY STYLES

DÍAS FELICES

A veces me vienen a la memoria imágenes de mi niñez y diría que el recuerdo más lejano que tengo es de cuando estuve en Disney World a los cinco años. Todo parecía grande y divertido. Fue una pasada.

La primera vez que me separé de mi familia fue cuando empecé a ir a una guardería llamada Happy Days. Si te soy sincero, fueron días felices. Siempre me llevé bien con todo el personal y la propietaria del centro era también nuestra canguro así que, probablemente, jugué con los juguetes buenos mucho más tiempo que los otros niños. Me portaba bastante bien y nunca me metí en líos de ningún tipo. Estaba más preocupado en jugar que en portarme mal.

Recuerdo muy bien mi primer día de escuela. Mi madre vino y se sentó conmigo en la clase y luego, hacia mitad del día, se marchó. Todos los niños jugaron juntos, aunque algunos lloraron un poco. Como tenía algunos amigos allí me adapté rápido y nunca me importó ir al cole. A decir verdad, me gustaba. Mi mejor amigo en primaria fue un chico llamado Jonathan. Hoy en día sigue siendo un buen amigo y nos vemos a la mínima ocasión. Vino a verme durante la gira y siempre estamos en contacto.

The Boy's a
Genius

Comencé a participar en las obras de teatro de la escuela desde que era muy pequeño y una vez hice de Buzz Lightyear en *Chitty Chitty Bang Bang*. Sé que suena un poco extraño pero básicamente lo que ocurrió fue que en la escena de la juguetería, cuando nos escondemos del Secuestrador de Niños, vi el traje de Buzz y Woody, así que me disfracé de Buzz. Aquella fue una de mis primeras actuaciones, si es que se le puede llamar de esa manera.

También participé en una obra llamada *Barney*, sobre un ratón que vivía en una iglesia. Hice de Barney y tuve que ponerme los leotardos grises de mi hermana, una diadema con orejas y cantar delante de todo el mundo. Me gusta pensar que fui un buen ratón.

Siempre me gustó cantar. La primera canción de la que aprendí la letra completa fue *The Girl Of My Best Friend* de Elvis. Mi padre me metió en la música, y cuando mi abuelo me regaló un karaoke, mi primo y yo grabamos un buen número de canciones de Elvis. Ojalá las conservara para poder escucharlas.

Cuando era pequeño me gustaban las matemáticas porque me divertía manipular aquellas pequeñas piezas y cubos, pero a medida que crecía las encontraba más y más complicadas y acabé aficionándome al inglés. Se me daba muy bien escribir y me sentí realmente orgulloso cuando obtuve un sobresaliente con mi primera redacción. La pena es que me distraía con facilidad y cada vez pasaba más tiempo hablando con mis compañeros durante las clases y soñando despierto así que, por desgracia, nunca volví a sacar unas notas tan buenas.

También me gustaba educación física y jugué un montón a fútbol. Cuando empecé a jugar como portero en el equipo local hice amigos de otras escuelas, lo que significa que tenía un montón de colegas. Tenía muchos amigos porque siempre me ha gustado estar rodeado de personas y conocer gente nueva. Me hacía amigo tanto de las chicas como de los chicos. Yo no era uno de esos chavales que pensaban que había que huir de las niñas como de la peste. Me gustaba ser amigo de todo el mundo.

P. ANTERIOR: **JUGANDO EN EL JARDÍN A LOS TRES AÑOS**

Con el tiempo me volví un poco más rebelde y a los ocho o nueve años comencé a poner a prueba los límites de las cosas; entre ellas, la paciencia de los profesores. También me empezaron a interesar mucho más las chicas. Sólo me metí en una pelea durante todo el tiempo en el que estuve en colegio y ocurrió en primaria. No soy el típico chico que se mete en peleas. Es más, si alguien hubiera intentado pelearse conmigo, seguramente me hubiera echado a reír.

Mi madre, mi hermana mayor (Gemma) y yo, nos trasladamos desde Holmes Chapel hasta un pueblo de Cheshire. Nuestro nuevo hogar era un bar y mi madre, la encargada. Cerca de allí vivía un chico llamado Reg. Él y yo éramos los únicos niños de la zona, así que, a pesar de que era de la edad de mi hermana, solíamos salir juntos. Durante el primer verano que pasamos allí, Reg y yo fuimos todos los días a la fábrica de helado de Great Budworth, que estaba a unos tres kilómetros. Le pedíamos prestado a nuestras madres un par de libras y pedaleábamos hasta allí para comprar un helado. Lo recuerdo como si fuera hoy. Es la misma fábrica de helado a la que llevé a todos los chicos antes de que entraramos al Bootcamp. Y el helado sigue estando igual de bueno.

Hablando de chicas, con unos seis años tenía una amiga llamada Phoebe Fox. Su madre y la mía eran muy amigas y yo le regalé un osito de peluche idéntico al mío. Era la niña más adorable del mundo. Después de ella también tuve alguna amiga más, pero no tuve novia de verdad hasta los doce años. Poco tiempo después empecé a salir con una chica llamada Emilie y duró bastante tiempo considerando lo jóvenes que éramos. Aún sigue siendo una buena amiga mía. También salí con una chica llamada Abi. Podríamos decir que ella fue mi primera novia seria.

Mi actitud hacia las relaciones es ésta: en principio no busco novia, pero si conociera a alguna chica que me gustara no tendría problema en comenzar una relación. Me gusta tener pareja y compartir mis vivencias con ella.

A los doce años volvimos a Holmes Chapel y fue en ese momento cuando mi madre conoció a mi padrastro, Robin. Realmente me gustaba y siempre le estaba preguntando a mi madre si vendría, pero ella quería asegurarse que tanto

Gemma como yo estuviéramos a gusto con él. Eso le preocupaba un montón, así que lo que empecé a hacer es enviarle SMS para que viniera porque pensaba que era un tipo genial. Siempre me llevé bien con él y aún lo hago.

Me sentí aliviado cuando Robin le propuso matrimonio a mi madre. Lo hizo totalmente por sorpresa mientras estaban viendo «Coronation Street» durante la Nochebuena de hace un par de años. Yo estaba en casa de mi ex novia Abi y recuerdo recibir la llamada de mi madre y lo feliz que estaba diciéndome que se iban a casar. No sé muy bien cuándo lo harán y, a pesar de que algunos lo han sugerido, no creo que One Direction actúe en la boda.

Mi madre y yo siempre hemos estado muy unidos. Se puede decir que soy un niño de mamá. También estoy muy unido a mi padre Des, y me apoya en todo lo que hago. Supongo que somos muy parecidos en muchos aspectos.

Mi hermana y yo, por lo general, también nos hemos llevado muy bien. Sé que a muchas hermanas les parecerá raro, y hemos tenido nuestras broncas, pero ahora salimos mucho juntos e incluso se viene de gira comigo.

He cometido algunos errores de estilo en mi vida y, lamentablemente, ¡hay fotos que lo demuestran! Mi pelo ha cambiado un montón con los años. Cuando nací era muy rubio y rizado, después se volvió castaño y liso, para acabar de nuevo rizado a los doce años. Así que ha pasado por diversas fases. Seguramente lo peor de todo fue cuando me puse mechas rubias a los ocho años. Parecía un auténtico macarra. Pensé que era un tío guay cuando fui al colegio al día siguiente de ponérmelas, pero mirándolo desde la distancia, parecía un idiota. Siempre iba en chándal. Supongo que pensaba que encajaba bien en mi imagen del típico chico que siempre está pensando en su bici.

Aunque tuve que trabajar duro en el instituto también disfruté del tiempo que pasé allí. Se podría decir que me lo pasé bien. La vida es una cuestión de equilibrio. Pasé mucho tiempo jugando al bádminton. Mi padre es muy bueno, así que lo heredé de él. Yo era muy competitivo y me gustaba el hecho de que no fuera el deporte más típico y que se requiriera de tanta habilidad para jugarlo. Me gustan las cosas que impliquen destreza y me apasiona todo aquello que suponga un reto.

ARRIBA: **¡MIRA QUÉ TARÁNTULA!**
P. SIGUIENTE: **CON SEIS AÑOS, DE VACACIONES EN FLORIDA. ¡QUÉ PINTAS!**

ME GUSTAN LAS COSAS QUE IMPLIQUEN DESTREZA Y SUPONGAN UN RETO

Hacia finales del octavo curso me hice amigo de un chico llamado Will y se convirtió casi en un hermano para mí. Teníamos el mismo sentido del humor y nos llevamos de maravilla desde el primer momento. Él y un amigo suyo, Hayden, estaban deseando montar una banda así que un chico llamado Nick que había empezado a tocar el bajo se unió a ellos. Como querían participar en el concurso de bandas que organizaba la escuela y no tenían cantante, me preguntaron si me animaba.

Yo sólo había cantado en la ducha o en el coche, así que aquello fue como un shock para mí. Era consciente de que era capaz de hacerlo, pero no sabía cómo saldría. De todas formas, como siempre me había gustado la idea de formar parte de un grupo comencé a ensayar con ellos. Siempre tocábamos *Summer Of 69* de Bryan Adams y *Be My Girl* de Jet, así que fueron la elección natural para el concurso.

Cuando estuvimos preparados empezamos a rellenar la hoja de inscripción, pero nos dimos cuenta de que aún no teníamos un nombre para la banda y no se nos ocurría nada. El día anterior al concierto aún no teníamos ninguno, así que decidimos escoger algo de forma totalmente aleatoria. Yo sugerí White Eskimo y, como no se nos ocurría nada mejor, lo escribimos en el formulario y así se nos conoció desde ese momento.

La competición era en la cafetería del instituto y decidimos que nos vestiríamos igual, así que todos nos pusimos unas camisas blancas y corbatas negras. En aquel momento pensamos que teníamos una imagen chula. Todos nuestros amigos se pusieron en primera fila cuando cantamos *Summer Of 69* y cuando acabamos se me acercó una chica y me preguntó: «¿De dónde habéis salido?» Eligieron a tres finalistas, incluidos nosotros, y todos tuvimos que volver a cantar una canción. Al final ganamos el concurso. Fue alucinante. Después de aquello decidimos tomarnos las cosas un poco más en serio y empezamos a ensayar.

La banda sufrió un ligero cambio después del concurso porque entró un nuevo bajista y también un guitarrista llamado Jacob. Solíamos ensayar todos los miércoles después de clase, en la casa de Will. Después llegó el primer concierto.

Una chica de la escuela me dijo que su madre se iba a casar y que quería que tocáramos en la boda así que nos pusimos las pilas y ensayamos durante dos días. La novia había escogido un total de veinticinco canciones y nos las tuvimos que aprender todas. Utilizamos el equipo de sonido de mi padrastro. Fuimos, lo montamos y todo salió genial. Nos sentíamos una banda de verdad. Tocamos un montón de temas de Bob Marley, algunas canciones en acústico, y también canté *Hallelujah*.

Uno de los invitados a la boda era un productor musical y después de la actuación se nos acercó y nos dijo que éramos muy buenos. También dijo que le recordaba a Mick Jagger, cosa que me encantó. Nos pagaron 160 libras por la actuación así que tocó a cuarenta libras por cabeza. Y tuvimos bocatas gratis. ¿Qué más se puede pedir? Después de eso ensayamos cada vez más. La madre de Will es la presentadora de radio y televisión Yvette Fielding. Nos apoyó muchísimo, dándonos consejo y ayudándonos en todo lo posible. Éramos muy serios en lo que respecta a la banda y soñábamos con conseguir un contrato o algo similar algún día.

Siempre había pensado en participar en «Factor X», y el hecho de ver a Eoghan Quigg y a Lloyd Daniels en 2009, unos tíos jóvenes como yo, me hizo desearlo aún más. También pensaba que actuar delante de un público con el grupo me daba una idea de lo que sería actuar allí. Me apasionaba estar encima del escenario y cada vez lo necesitaba más y más.

No sabía si yo tenía lo que pedían y me ponía bastante nervioso pensar en inscribirme, así que al final fue mi madre quien rellenó la solicitud y la envió por mí. Me alegro de que lo hiciera. A veces me pregunto: «¿Qué habría pasado si ella no lo hubiera enviado?» O: «¿Y si a pesar de hacerlo no hubiera ocurrido nada?» Eso mismo me pasó hace unos días cuando estábamos sentados leyendo un artículo sobre nosotros. Me impacta pensar que si no hubiera ido a «Factor X», aún estaría en el instituto. En vez de eso estoy viajando por todo el

Harry - Louis - Zayn - Niall - Liam! 1D
THERES ONLY
ONE DIRECTION

país (y otras partes del mundo) con cuatro de mis mejores amigos disfrutando de la mejor forma posible.

CAMBIO DE RESIDENCIA

Recuerdo muy bien mi audición en «Factor X» y el Bootcamp pero, al mismo tiempo, todos aquellos recuerdos parecen desdibujados. El mejor momento para mí fue cuando nos dijeron que iban a formar un grupo con todos nosotros. Cuando hablé con Louis, Zayn y Niall en el Bootcamp, me acuerdo que pensé: «Esto va a ser súper divertido», pero nunca imaginé que las cosas acabarían como lo han hecho.

Después del programa fuimos todos a casa de mi padrastro en Cheshire, y durante los primeros días simplemente nos limitamos a conocernos mejor. Fue una nueva experiencia para todos nosotros y, en cierta forma, era como vivir en un piso de estudiantes. Mi madre y Robin nos dejaron a nuestra bola. Pusimos algo de dinero a escote y mi madre dejó un montón de comida en la nevera para que fuéramos pillando lo que quisiéramos. Una noche yo hice la cena para todos (pechugas de pollo, patatas fritas y guisantes) y nos sentamos alrededor de la mesa del bungalow a hablar de todo un poco. Al margen de aquella noche, creo que comimos fideos chinos la mayoría de los días y jugamos al fútbol durante la mayor parte del tiempo. Ensayábamos diez minutos, jugábamos al fútbol durante tres horas, nos dábamos un baño, nos acercábamos al KFC... Nos dedicamos a perder el tiempo básicamente, pero creo que fue una forma muy interesante de conocernos mejor. Descubrimos cosas los unos de los otros a fuerza de hacer el tonto.

Conecté con Louis desde el minuto uno. Nos parecemos bastante y me gusta la habilidad que tiene para agradar a todo el mundo sin renunciar a vivir el momento. Cuando ves a alguien como él no puedes evitar sonreír. Siento que le puedo contar cualquier cosa; me pasó desde el primer momento. Ya se lo puede estar pasando en grande que si alguien tiene un problema es capaz de ponerse serio inmediatamente y dar un buen consejo.

El viaje a España fue una cosa un tanto extraña. Todavía nos estábamos conociendo y de repente, estábamos viajando en un avión hacia algo muy parecido a unas vacaciones. Aún nos estábamos descubriendo (de hecho, aún lo hacemos) y fue otra experiencia genial. Creo que el hecho de estar en aquella gran competición nos hizo madurar y, a pesar de que el personal de «Factor X» estaba allí, en cierta forma todos cuidábamos de todos.

Nunca olvidaré cuando nos dijeron que habíamos pasado a la final. De verdad que no teníamos ni idea de si Simon nos elegiría o no así que recibir el sí fue la sensación más increíble del mundo. Estábamos alucinando cuando llamamos a nuestros padres para decírselo, pero fue un poco raro porque teníamos que mantenerlo en secreto con el resto de la gente. Yo era tan feliz que quería propagarlo a los cuatro vientos.

Cuando volvimos a casa desde España le pedí prestado a mi madre algo de dinero para comprar un montón de ropa para las actuaciones porque quería estar preparado. Por cierto, ya se lo he devuelto.

Lo que me resultó bastante extraño fue acostumbrarme a que la gente supiera quién era. La audición se emitió el día antes de que entrara a la casa y todos mis amigos me enviaron mensajes para felicitarme. Cuando llegué a Londres nos detuvimos en una gasolinera y alguien que estaba allí me reconoció. Me chocó bastante.

Entrar en la casa estuvo genial y nunca me importó que nuestra habitación fuera tan pequeña. Acabó pareciendo un antro. Imagínate a cinco adolescentes compartiendo un espacio tan reducido. Teníamos un montón de equipaje, y había tantas cosas en la habitación que acabó dando un poco de grima. Según parece, en un determinado momento, alguien tomó una muestra de la pared y la envío a un laboratorio para analizarla y resultó que tenía un montón de bacterias.

FACTOR
TEENAGE
STRAY

Intentamos mantener la habitación ordenada, pero cuanto más tiempo permanecíamos en el programa más cosas acumulábamos, y cada vez parecía más pequeña. Lo que hizo soportable la situación es que Louis y yo hacíamos planes para irnos a vivir juntos.

Guardo grandes recuerdos de cuando estuve en la casa, especialmente de todas las veces que me desnudaba. Me sentía muy libre cuando me quitaba la ropa. Me dejaba llevar por el impulso y a ninguno parecía importarle. Creo que a Mary le gustaba, aunque nunca lo dijo... Adquirí mucha confianza en mí mismo durante el tiempo que duró el programa por el hecho de ponerme delante de tanta gente, y esa confianza derivó en el tema de quitarme la ropa. En el cole hice algún que otra calvo para echar unas risas, así que no era nada nuevo.

A veces iba en pelota picada y algunas veces llevaba un tanga. Mi amigo Nick me regaló uno dorado de piel de serpiente por mi cumpleaños y lo llevé a la casa porque pensé que sería divertido, así que empecé a usarlo.

En cierta ocasión tuve que hacer un video para el canal ITV2 en el que estaba completamente desnudo y los chicos tenían que pasar algunos objetos por delante de mí manteniendo ciertas partes cubiertas. Ése era el plan, pero en un momento dado, Zayn no movió el libro que estaba sujetando lo suficientemente rápido y el cámara cogió un buen plano. Se puede decir con total seguridad que no soy tímido.

En lo que respecta a las actuaciones, me lo pasé bomba cantando *Something About The Way You Look Tonight*, canción que sugerí en cuanto supe que aquella semana era la dedicada a Elton John. Me encanta esa canción y creo que funcionó realmente bien. También conocimos a algunos famosos. Simon Cowell y Cheryl Cole son unas leyendas auténticas, y con Jonathan Ross nos moríamos de risa. Alan Carr y Russell Brand también son geniales. No me puedo creer que tuviéramos la oportunidad de conocer a toda esa gente a la que tanto admirábamos.

NUNCA OLVIDARÉ
CUANDO NOS
DIJERON QUE
HABÍAMOS PASADO
A LA FINAL

¡ME SENTÍA MUY LIBRE CUANDO ME QUITABA LA ROPA!

La final de «Factor X» fue realmente emocionante. No tenía ni idea de si ganaríamos o no y, cuando nos dijeron que quedamos los terceros, el mundo se me vino abajo. Rompí a llorar en cuanto estuvimos entre bambalinas, después paré, respiré lenta y profundamente unas cuantas veces y me calmé. Más tarde nos citaron en la oficina de Simon para decirnos qué pasaría con nosotros y yo intenté estar lo más tranquilo posible, pero por dentro estaba temblando de miedo. Cuando Simon nos dijo que teníamos un contrato discográfico comencé a llorar otra vez y recuerdo que me senté y pensé: «¿Por qué estoy llorando? Si esto sale bien, mi vida cambiará por completo». De hecho, ya había cambiado bastante, pero en ese preciso instante me di cuenta de que no tendría que volver a lo que hacía antes. Al menos de momento.

Aunque siempre he querido formar parte de una banda y cantar encima de un escenario, nunca imaginé que fuera a ocurrir de verdad. Imagina que te dicen que te puedes dedicar al trabajo que quieras. Es una de esas cosas que siempre has querido escuchar pero cuando pasa no sabes cómo reaccionar.

No veía el momento de darle a mi familia la noticia (de hecho, se lo quería contar a todo el mundo), pero lo teníamos que mantener en secreto. Mis padres me esperaban en la fiesta que habían organizado en la zona de la cafetería y pensé que podrían adivinar lo que había pasado sólo mirándome a la cara. Los tres nos fundimos en un abrazo y nos sentimos increíblemente felices y emocionados.

UNA NAVIDAD PARA RECORDAR

Creo que todos nosotros deseábamos tener un paréntesis en Navidad. Eché mucho de menos a los chicos, pero al mismo tiempo estuvo genial relajarme y estar con mi familia. Muchos de mis amigos querían que les pusiera al día de todo, así que estuve bastante ocupado, pero tampoco quería que la gente pensase que había cambiado y que no tenía tiempo para ellos. Me sentí bastante aliviado cuando mis amigos me dijeron que no había cambiado en nada. A veces dejaba de hablar sobre las cosas que estaba haciendo porque, aunque es mi trabajo, no quería que pensasen que les estaba tratando de impresionar o que me estaba dando importancia.

No me gustaría que nadie pensase que le estoy intentando impresionar. No tengo ninguna necesidad de hacerlo; ellos son mis amigos de siempre.

Todos mis amigos me han apoyado en cada cosa que he hecho. Lo que me resultaba frustrante era cuando recibía algún mensaje durante el programa y yo no podía responderlo porque siempre estaba muy ocupado. El problema es que si no lo respondo inmediatamente es fácil que se me olvide, lo que significa que a veces no respondía los mensajes. Sin embargo, todos mis amigos entendieron perfectamente lo que pasa cuando las cosas se ponen tan complicadas. Sabían que, aunque yo no les respondiera, me gustaba recibir sus SMS y saber que estaban animándome. Una de las cosas geniales de la gira fue que siempre sabíamos dónde estaríamos y cuándo; de esa forma, los amigos podían visitarnos y charlar un rato. Así era mucho más fácil organizarnos y vernos.

La mayoría de mis amigos están muy felices por cómo han ido las cosas y les encanta hacerme preguntas. Así es como sé quién es un amigo auténtico y quién no lo es. Me he topado con algunas personas celosas que han hecho algún comentario y se han distanciado sin que supiera por qué. He intentado hablar con ellos como siempre pero se han mostrado bastante distantes. Cuando has estado unido a alguien, se te hace duro cuando comienzan a actuar de esa forma. Yo no voy a perseguir a la gente para rogarles que sean mis amigos, pero tampoco me gustaría que pensaran que no me importan, porque sí que me importan. Cuando algunas personas asumen o piensan que he cambiado son realmente ellos quienes han cambiado.

Hay momentos en los que me gustaría ir a casa y ser normal, ver a mis colegas otra vez e ir a los sitios de siempre. Me gusta tener detalles con

TODOS
MIS AMIGOS
ME HAN APOYADO
EN CADA COSA QUE
HE HECHO

mi familia y en ocasiones me encanta tener estos gestos con mis amigos, porque sé que ellos lo van a ver como lo que es. No estoy hablando de dinero solamente. Está bien ayudar a la gente de otras formas. Por ejemplo, mi amigo Ben tiene mucho talento para la música y deseaba tener alguna experiencia de trabajo, así que hice todo lo posible porque viniera con nosotros en la gira y le encantó. Si no hubiera pasado esto, jamás habría tenido la oportunidad de hacer algo así, pero ayudaré a mis amigos en todo lo que esté a mi alcance.

Hago todo lo posible por mantener los pies en el suelo, así que no me gusta que la gente haga cosas por mí si puedo hacerlas yo mismo. Algunas personas creen que me tienen que traer una botella de agua o algo para comer, pero si yo soy capaz de ir a por mi propia bebida, ¿por qué lo hacen? Está guay que la gente se ofrezca, y entiendo que si estamos realmente ocupados y no tenemos tiempo para ir a por el almuerzo, o si estamos ensayando en el escenario y no podemos echar un trago, alguien nos eche un cable; pero si una botella de agua está en una nevera a medio metro, me puedo acercar yo mismo a cogerla.

Mi madre nunca me permitió ese tipo de cosas. Si estaba en casa y le pedía algo de beber ella me respondía: «Ya sabes dónde están los vasos». Al mismo tiempo, me hace gracia cuando voy a casa porque, aunque estoy acostumbrado a hacerlo todo yo mismo, mi madre sigue cuidándome en muchos otros aspectos, así que me siento de nuevo un niño cuando vuelvo con mi familia.

Mucha gente dice cosas positivas sobre la banda y recibimos un montón de elogios. Por supuesto que está genial escucharlos y siempre te alegra cuando alguien te dice lo bueno que eres en lo que haces, pero yo quiero mantener los pies sobre el suelo todo lo que me sea posible. No me gustaría volverme un creído. Es un rasgo desagradable y no me puedo imaginar que me vuelva así. Quiero ser honesto conmigo mismo.

MILWAUKEE
EUROPE

Pasé casi todas las Navidades en casa con mi familia. Eso era lo más importante para mí. Eso, y ver a mis amigos, con los que estuve varias veces. Habíamos estado tan ocupados que lo único que quería era tomármelo con calma, ver la televisión, comer y dormir. Me lo pasé genial haciendo las típicas cosas que hacemos en familia cada año.

Una de las cosas que fue diferente fue que algunas seguidoras vinieron a mi casa durante las Navidades y hacía tanto frío ahí fuera que me ponía malo sólo de pensarlo. Si estaba allí salía a verlas en la medida de lo posible, pero me sentía mal al pensar que estaban pasando frío por mi culpa. En el grupo siempre hemos dicho que nunca nos quejaremos de que las fans quieran vernos, o nos pidan que les firmemos un autógrafo, o que nos hagamos una foto con ellas. Ellas son quienes hacen posible todo esto.

Valoramos mucho su apoyo. Es genial saber que a la gente le gusta lo que hacemos. Hay días que leo cien mensajes geniales de Twitter y uno que dice que no le gusta lo que hago. Si por la razón que sea tengo un día malo, ese tweet es el que recuerdo y me pone de bajón. Lo que hago entonces es leer los mensajes de apoyo y me vengo arriba de nuevo. Significan mucho para todos nosotros.

REGRESO AL FUTURO

La llegada del Año Nuevo significaba volver al trabajo y todos sabíamos que iba a ser un año muy ocupado. Los ensayos de la gira, los actos y los conciertos no nos dejarían ni un minuto libre. Pero habíamos cargado las pilas y estábamos dispuestos a darlo todo.

Una de las primeras cosas que hicimos fue ir a Los Ángeles. Me quedé boquiabierto cuando me dijeron que íbamos a ir. Había visto y leído muchas

cosas sobre la ciudad y me moría de ganas de comprobar cuánto había de verdad en todo aquello.

LA es un mundo aparte. Toda la gente con la que te cruzas parece famosa, pero al margen de eso me encantó aquel lugar. Hacía tanto calor que íbamos la mayor parte del tiempo en pantalones cortos y camiseta. Además, pudimos relajarnos un poco porque el hotel en el que nos alojamos, el W, tenía piscina.

Lo que me chocó bastante de la gente de allí fue su educación. Cuando te traen el desayuno en un hotel de Inglaterra te lo dejan sin apenas dirigirte la palabra, en cambio allí la gente era tan amable que te daban ganas de invitarles a que lo compartieran contigo. La camarera decía: «Buenos días, señor, ¿cómo le va el día? ¿Dónde quiere que le deje la bandeja?». De verdad que no podrían hacerlo mejor.

Realizamos algunas grabaciones en un gran complejo en el que siempre estaban pasando cosas diferentes. En un estudio se estaban grabando los coros de Glee y la oficina de Randy Jackson estaba a cien metros así que pasamos a saludarle y estuvo genial. Fue súper simpático.

También tuvimos algo de tiempo libre para hacer compras y yo arrasé, literalmente, Abercrombie and Fitch. Louis dice que compré cada modelo de camisetas que tenían, pero creo que exagera. Aunque es verdad que me llevé unas cuantas...

Me hubiera gustado pasar más tiempo en LA, la verdad es que nos lo pasamos genial los cinco días que estuvimos allí. Era como me lo esperaba, con el sol y la gente glamurosa. Es uno de esos sitios a los que volveré algún día. Tengo ganas de visitar Venice Beach y vivirlo de cerca.

Cuando aterrizamos en Londres estábamos hechos polvo pero nos espabilamos rápidamente con la imagen de cientos de fans. Aquello se ha convertido en un recuerdo mítico: las fans persiguiéndonos y la policía protegiéndonos. Nunca había tenido una experiencia similar en toda mi vida. Habíamos visto montones de fans en «Factor X», pero normalmente estaban

tras una valla entre el público. Y cuando nos encontramos con seguidoras en los hoteles o después de los conciertos normalmente son grupos pequeños. ¡Y aquello no era precisamente un grupo pequeño!

Me impactó todo aquello de tener que correr entre la multitud, pero intenté disfrutar de ello en vez de asustarme porque sabía que era algo especial. Cuando ya estábamos sentados en la furgoneta de la policía nos mirábamos como diciendo: «¿Qué ha sido eso?» Era casi como si no hubiera sucedido, una cosa irreal, pero mirándolo desde la distancia, fue un momento maravilloso.

Cuando llegó el momento de comenzar los ensayos de la gira éramos conscientes de que tendríamos que trabajar realmente duro. Queríamos ofrecer un espectáculo increíble y teníamos que aprender nuevo material, incluyendo pasos de baile. Nos enseñaron cómo darle más energía a los movimientos, lo cual es complicado cuando estás ensayando en una gran nave sin público.

También tuvimos que ensayar cómo dirigirnos al público entre las canciones, lo que también fue bastante extraño porque nuestro público consistía en seis personas que no contestaban.

Llevar a la práctica todo lo que habíamos aprendido fue el último gran paso que dimos después de todo el trabajo duro que habíamos hecho. Me cuesta describir lo que sentí cuando pisamos el escenario en el primer concierto de la gira en Birmingham. Ver todas aquellas pancartas y oír a miles de personas gritando tu nombre... No se puede aspirar a más. Habíamos actuado en «Factor X» y realizado varias actuaciones, pero nada se podía comparar con esto. Me quedé parado intentando asimilarlo todo, pero en cuanto nos pusimos a cantar aquella sensación se evaporó.

Creo que aquel gran primer concierto en Birmingham fue diferente a cualquiera que hayamos hecho después en cuanto a la energía que pusimos y cómo nos movimos. Estar allí parecía la cosa más natural del mundo aunque era algo completamente extraño y surrealista. Hubo varios momentos en los que nos miramos y podía adivinar en sus rostros lo que pensaban: «¡Esto es alucinante!».

El subidón que te produce estar en un escenario delante de tanta gente es indescriptible. Me gustaría que todo el mundo pudiera tener esa sensación. Ya me puedo sentir cansado y de mal humor que subo a un escenario y todo cambia. Estoy tan flipado cuando bajo del escenario que no paro de gritar y saltar. No hay un sensación comparable a ésta.

Disfrutaba tanto en la gira que deseaba que no acabara nunca. Estábamos tan ocupados que no eché de menos mi casa. Me siento un poco culpable pero la verdad es que no teníamos tiempo ni para pensar en ello. Creo que nos portamos bastante bien durante la gira pero tuvimos nuestros momentos, como la pelea de fruta. Al menos no lanzamos televisores por las ventanas ni nada parecido... aunque ya habrá tiempo.

La fiesta de fin de gira estuvo guay pero nos entristeció tener que despedirnos de todo el mundo. A las cinco de la madrugada aún estaba despierto, así que al día siguiente estaba un poco cansado, pero como nos dieron un día libre para recuperarnos tampoco importó mucho.

Cuando acabó la gira, Louis, su colega Stan, mi amigo Johnny y yo nos fuimos de vacaciones a esquiar. Nunca antes había esquiado y tenía muchas ganas de probarlo. Nos lo pasamos en grande en Courchevel y me encantaría volver.

Trabajamos duro para encontrar las canciones apropiadas para el disco. Tenían que ser perfectas. Queríamos que nuestro primer single fuese un gran éxito de verano. Por ejemplo, cuando los Black Eyed Peas sacaron *I Gotta Feeling* en el 2009, se convirtió en canción del verano. Cuando la gente la escucha les recuerda los buenos momentos que pasaron. Queríamos que nuestro primer single fuera algo como aquello: una canción que todo el mundo recordara.

La gente con la que hicimos el disco era una pasada. Steve Robson tiene un talento fuera de serie. Ha trabajado con todo tipo de gente, desde James

Morrison a Take That. RedOne y Rami son auténticas leyendas y trabajar con ellos fue alucinante. Era un poco extraño grabar en todos aquellos estudios en los que ni siquiera habíamos soñado antes de estar en la banda.

Además, el libro donde explicábamos nuestra experiencia en «Factor X» llegó a estar en la primera posición de las listas de ventas. Esperábamos que algunas fans lo compraran, pero no nos imaginamos que fueran a ser tantas. Fue algo realmente increíble. Las fans que vinieron a las firmas de libros eran geniales. Me regalaron un montón de tortugas porque una vez dije que me gustaban. Está guay que la gente recuerde cosas que has dicho y te lo comenten cuando hablas con ellos.

Hemos hecho un montón de cosas chulas este año. La grabación del documental fue una experiencia interesante. Estamos tan acostumbrados a las cámaras que nos lo tomamos de forma natural y bastante relajada. Las sesiones de fotos siempre están bien. Aunque ya lo hayamos hecho antes, cada vez es diferente.

En el programa de Alan Tichmarsh nos lo pasamos en grande. Es un tipo estupendo. Aquella fue la primera aparición televisiva si no contamos «Factor X», así que nunca la olvidaremos.

MIRANDO HACIA ADELANTE

Una de las cosas más sorprendentes acerca de estar en la banda es el grado de compromiso que tienen las fans con nosotros. Algunas de ellas vinieron a un montón de conciertos de la gira. Sin embargo, les parece raro que las reconozcas. Un día, una de esas chicas estaba en nuestro hotel y se quedó impresionada cuando la reconocimos y la llamamos por su nombre. ¿Cómo no íbamos a hacerlo? Recordamos a las personas como cualquier otra persona lo haría y es agradable tener la oportunidad de llegar a conocerlas bien.

ARRIBA: **FIRMANDO COPIAS DEL LIBRO SOBRE NUESTRA PARTICIPACIÓN EN «FACTOR X».**

COMO GRUPO
ESTAMOS
PASÁNDOLO MEJOR
QUE NUNCA

No estoy seguro de si alguna vez me acostumbraré a la atención de la prensa. Todavía me siento muy extraño cuando cojo un periódico y veo que hay alguna noticia que habla de mí. A veces me siento como si estuviera leyendo acerca de otra persona. Pero mientras la gente siga escribiendo cosas buenas sobre nosotros no me importa.

Como grupo estamos pasándolo mejor que nunca. Jamás me hubiera imaginado que llegaríamos a convertirnos en los buenos amigos que somos ahora y está guay tener a cuatro colegas con los que compartir experiencias. Si uno de nosotros está de bajón el resto le anima y, además, somos muy buenos aportando ideas y llevándolas a la práctica como grupo. Tengo la impresión de que cada día mejoraremos más y más.

De todas las cosas que hemos tenido la oportunidad de hacer, lo que más nos mola es salir de gira como One Direction. De esa forma estamos en contacto con nuestras seguidoras y ellas pueden vernos interpretando nuestras canciones. Es responsabilidad nuestra mostrar nuestro trabajo y estamos deseosos de hacerlo.

Tenemos un montón de grandes sueños. Queremos tener números uno, viajar mucho, regresar a América y divertirnos tanto como sea posible. No creo que sea mucho pedir.

CUESTIONARIO

FDN: 1/02/1994

SIGNO DEL ZODÍACO: Acuario

favoritos...

PELÍCULA: *Love Actually*, *El diario de Noa*, *Titanic*... (hay muchas, aunque normalmente digo *El club de la lucha*)

PARTE DEL CUERPO: Mis manos. Siempre me han dicho que las tengo muy suaves

COMIDA: Me chiflan las palomitas de maiz

DISCO: «21», de Adele

AMIGO: Louis Tomlinson

FAMOSA: Frankie Sandford

TIENDA: Selfridges

BEBIDA: He intentado beber solamente agua, pero me encanta el zumo de manzana

COLOR: Naranja

SERIE DE TELEVISIÓN: «Padre de Familia»

AFTERSHAVE: Bleu, de Chanel

PERFUME: Alien, de Thierry Mugler

JUEGO DE ORDENADOR: Fifa

APLICACIÓN DE IPHONE: Texts From Last Night. Es una aplicación con la que compartir aquellos mensajes que te ha enviado un amigo cuando estaba borracho. Mi amigo Ali y yo nos hemos intercambiado varios y con algunos te partes

FORMAS DE PASAR UN DOMINGO: Durmiendo o de relax

LUGAR PARA UNA CITA: Un restaurante

PAÍS: Inglaterra

RESTAURANTE: TGI Fridays

CÓMO TE RELAJAS: Me encanta que me den masajes porque tengo la espalda un poco fastidiada

MEDIO DE TRANSPORTE: Trineo de perros

NOCHE IDEAL: Ir de cena con todos mis amigos

GRUPO: The Beatles, Queen

¿DE QUÉ COLOR ES LA FUNDA DE TU NÓRDICO? Marrón o rosa y azul

¿QUÉ TIPO DE ROPA INTERIOR LLEVAS? Boxers cortos. Me gusta Calvin Klein

PRIMERA MASCOTA: Un perro que se llamaba Max

¿SOLO O EN COMPAÑÍA? En compañía. Me gusta estar rodeado de mi familia y amigos

ÚLTIMO LIBRO QUE HAS LEÍDO: *Forever Young*, de One Direction

ÚLTIMAS CINCO COSAS QUE TE HAS COMPRADO: Un par de zapatos de Supra, una camiseta Adidas de Selfridges, comida en el Nando's, la cena en el TGI Fridays y pasta de dientes

¿QUÉ TIPO DE CHICA TE GUSTA? No tengo un prototipo ya que a algunas chicas no les encuentro un atractivo inmediato, pero me pueden acabar gustando porque su personalidad es atractiva. Me gustan las chicas con las que pueda mantener una conversación y que se lleven bien con mis padres. Es importante para mí que a mi familia también le guste

LIAM PAYNE

SIEMPRE EN MOVIMIENTO

Supongo que una de las cosas más raras que puedo contarte de cuando era pequeño es que como consecuencia de complicaciones en el parto solamente tengo un riñón. Suena chungo, lo sé. Los médicos no obtenían ninguna respuesta por mi parte, así que tuve que ser reanimado y, aunque en principio todo pareció salir bien, hubo complicaciones que no se veían a simple vista.

Nací con tres semanas de antelación y enfermo. Hasta los cuatro años estuve entrando y saliendo del hospital para hacerme pruebas, pero no conseguían averiguar qué iba mal. Al final descubrieron que uno de mis riñones no funcionaba bien. Como no lo habían cogido a tiempo estaba inutilizado y el otro funcionaba al 95 por ciento de su capacidad. Llegaron hasta el punto de darme 32 inyecciones en el brazo en un solo día para intentar que me sintiera mejor. Aún tengo los dos riñones, pero uno no funciona, así que tengo que tener cuidado y no beber demasiado (incluso agua) y llevar una vida lo más sana posible.

Mi primera escuela fue un centro infantil de Wolverhampton llamado Collingwood. Era bastante travieso. De hecho, durante los primeros días me llevaron varias veces al despacho de la directora. Solía montar guerras de agua en los lavabos y trepar al tejado para recoger las pelotas de fútbol.

Cuando iba a primaria intenté sin éxito entrar en los equipos de la escuela, pero un día hice una prueba para el equipo de cross y quedé en primera posición.

En aquella carrera participó un chico del equipo Wolverhapton al que consideraban el mejor corredor de la zona, así que todos pensaron que había hecho trampas. La semana siguiente hicimos la misma carrera y volví a ganar, así que me dí cuenta de que aquello se me daba bien. Desde aquel momento no he parado de entrenar y me levanto a las seis de la mañana para correr varios kilómetros. A los doce años me pusieron con el equipo de los que tenían dieciocho y entrenaba haciendo lo mismo que ellos.

Entré en los equipos de Wolverhampton y Bilston y en tres de las cinco temporadas fui el tercer mejor corredor de todo el país en la carrera de 1500 metros en mi categoría. Fue alucinante.

En el instituto seguí practicando deportes y me uní al equipo de baloncesto, pero algunos de los mayores se metían conmigo porque tenía unas equipaciones muy chulas que me había comprado en Estados Unidos. Ellos creyeron que iba de estrella y empezaron a acosarme. Yo sólo tenía doce años y ellos eran mucho más mayores, así que necesitaba encontrar la forma de defenderme. Mi hermana salía con un chico que boxeaba y mis padres me propusieron que fuera con él para que aprendiera a defenderme.

No es que fuera el gimnasio más agradable del mundo y tenías que pelear con todos independientemente de tu edad o tamaño, así que ahí estaba yo, un chaval de doce años boxeando contra un entrenador de treinta y ocho. Me rompieron la nariz, me perforaron el tímpano y siempre llegaba a casa con la cara hinchada o magullada. Pero me proporcionó mucha confianza en

 P. SIGUIENTE: ¡ENTRENAMIENTO PREMATURO DE BOXEO!

SOLÍA MONTAR GUERRAS DE AGUA EN LOS LAVABOS Y TREPABA AL TEJADO PARA RECOGER LAS PELOTAS DE FÚTBOL

mí mismo. Al principio fue agotador, pero durante los dos años siguientes se me dio bastante bien.

Aquellos chicos del equipo aún seguían acosándome, hasta el punto que en una ocasión me persiguieron hasta la carretera. Eso ya era demasiado así que me encaré a ellos y acabé peleándome con uno. Afortunadamente gané, pero casi me echan de el colegio por eso, cosa que no era la más ideal.

También hice mis pinitos empresariales. Aprendí bastante del programa de negocios «Dragon's Den» y solía comprar cajas grandes de golosinas y las vendía en el cole un poquito más caras. Ganaba unas cincuenta libras a la semana y mi padre estaba muy orgulloso de mí. Nunca tuve un trabajo propiamente dicho porque siempre estaba cantando en actuaciones; ésa es la forma en la que solía ganar dinero.

Pasé la adolescencia cantando en karaokes. Cualquier sitio era bueno para cantar un tema de Robbie Williams. Hice mi primera interpretación de *Let Me Entertain You* en un campamento de verano cuando tenía seis años y no he parado desde entonces. He cantado en karaokes de América, España, Portugal...

Siempre me ha gustado cantar y bailar. Mi hermana Ruth y yo siempre íbamos cantando en el coche, y mi madre dice que de pequeño empezaba a bailar por todo el comedor cuando sonaba la sintonía de «Noddy». También solía ponerme las gafas de sol de mi padre y, con las manos a la espalda, cantaba al son de sus CD de Oasis imitando a Liam Gallagher.

Tengo dos hermanas mayores: Nicola y Ruth. Siempre me llevé mejor con Ruth porque supongo que veía a Nicola como una figura autoritaria ya que era la mayor y solíamos reñir cuando mis padres salían y nos dejaban a su cargo. Ruth y yo nos parecemos en que a los dos nos gusta cantar y no bebemos ni nada de eso, mientras que Nicola es más fiestera.

Al final del noveno curso me uní al coro del colegio e hicimos un montón de actuaciones, así que imagino que fue allí donde me acostumbre a actuar. Establecimos un récord mundial al cantar con otras escuelas la misma can-

P. ANTERIOR, A LA IZQUIERDA: **ME ENCANTABA DISFRAZARME DE WOODY**
P. ANTERIOR, A LA DERECHA: **EN CASA, DE RELAX, A LOS CINCO AÑOS**

ción al unísono. Era el tema *Lean On Me* de Bill Withers y fue genial porque hice una de las partes solistas.

Aparte de cantar me gustaba la asignatura de ciencias y, por supuesto, educación física. Mis padres llegaron a decirme que podría estudiar para profesor de gimnasia. Me apasionaba el fútbol y jugaba a la hora del almuerzo lloviera o hiciera sol. Solía ir a ver los partidos del West Bromwich Albion y recuerdo saltar al campo cuando ascendimos. Fue un gran momento.

Si ves fotografías mías de cuando era pequeño verás que mi peinado ha pasado por diversas fases para acabar como al principio. Cuando era niño llevaba un peinado seta; después, imitando a Martin (el novio de mi hermana), me rapé unas líneas en una lado de la cabeza que llegaban hasta la ceja. A continuación me pelé al tres y lo dejé crecer de nuevo, así que ahora se parece bastante a como lo llevaba cuando era un crío. Creo que un día de estos me lo volveré a cortar para que sea más cómodo, pero me da un poco de miedo.

También cometí algunos errores con la ropa. Solía llevar una camiseta naranja de Umbro y un par de pantalones cortos especiales que me encantaban. Nunca me interesó demasiado la moda hasta que llegó el momento de hacer la audición para «Factor X» y me di cuenta de que no tenía nada apropiado para ponerme. Mis zapatos tenían un agujero y le pedí a Martin que me prestara unos pantalones Armani. Él usa una 34 y yo una 28, así que me quedaban un poco anchos. Llevé una camisa grande y compré un chaleco por treinta libras, que fue el único dinero que gasté. No me puedo creer que me clasificara con esas pintas. Hice las tres fases de «Factor X» con un agujero en mis zapatos.

A pesar de mis errores capilares, creo que no me fue mal en la escuela. En Reception tuve una novia llamada Charnelle que me enviaba cartas de amor. Siempre estuve orgulloso de salir con una chica del sexto curso cuando yo estaba en el cuarto. Era una de las amigas de mi hermana y me parecía guay tener una novia mayor que yo.

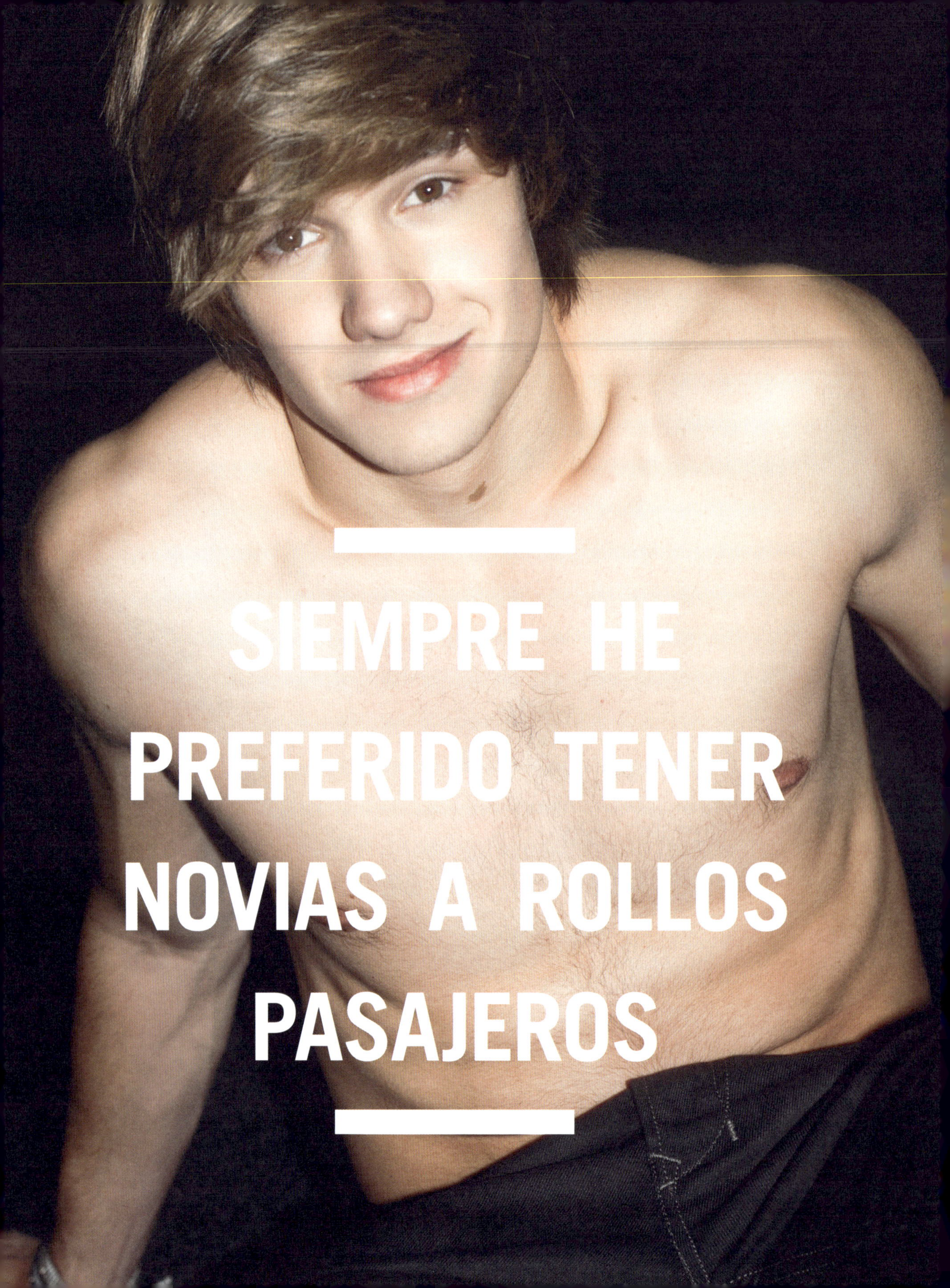
SIEMPRE HE PREFERIDO TENER NOVIAS A ROLLOS PASAJEROS

Hubo una chica que me gustaba un montón, Emily, y le llegué a pedir que saliera conmigo veintidós veces, pero ella siempre decía que no. Al final le canté una canción y dijo que saldría conmigo, pero cortó al día siguiente. Mis amigos siempre estaban tomándome el pelo diciéndome que le gustaba a alguna chica cuando no era cierto, así que cuando les preguntaba si querían salir conmigo todas decían que no, lo cual era desesperante.

Tuve varias citas desastrosas con chicas que me engañaron. Una de aquellas chicas fue mi inspiración para cantar *Cry Me A River* en «Factor X». Ésa fue mi venganza a su infidelidad.

Siempre he preferido tener novias a rollos pasajeros. Creo que es agradable tener a alguien especial. Durante mi estancia en «Factor X» salí con una chica llamada Shannon. Nos vimos durante un tiempo, pero al final no pudimos con la presión de estar tanto tiempo separados y rompimos. Aún nos hablamos, simplemente fue una de esas cosas que pasan.

A los catorce intenté entrar por primera vez en «Factor X». Me había aburrido de tanto correr y, aunque estaba en las listas de reserva para los Juegos Olímpicos de 2012, necesitaba encontrar algo que me apartara de las carreras. Cuando le dije a mis colegas que iba a «Factor X» bromearon un poco sobre el asunto porque lo veían divertido, pero siempre me apoyaron.

Mi único objetivo era conocer a Simon Cowell y mereció la pena hacer nueve horas de cola para tener aquella oportunidad. Me creía muy maduro en esa época y me sentía capaz de manejarme en cualquier situación que se me presentara en el programa. Pero ahora, mirándolo desde la distancia y sabiendo por todo lo que hemos pasado sé que habría sido imposible. De ninguna manera.

Lo pasé muy mal cuando me echaron de la Casa de los Jueces, pero si hubiera pasado a la fase de las actuaciones habría sido peor. JLS y Alexandra Burke participaban aquel año y me hubieran eliminado directamente.

Fue duro volver al cole después de participar en «Factor X». Me había picado el gusanillo de las actuaciones y desde ese momento, lo único que quería ser era una estrella del pop. Si te soy sincero, mi rendimiento escolar bajó un poco, y recuerdo cómo el tutor me dio una charla sobre las notas y todo eso. Me acuerdo que dijo: «Tus notas están cayendo. ¿Qué pasa si se te fastidia la voz y ya no puedes cantar más? ¿Qué harás entonces? No tendrás ningunos estudios de los que echar mano.»

Aquello me dejó impactado y comencé a tomármelo más en serio y acabé sacando un excelente en educación física, dos notables, seis bienes y un sufi. El colegio quería que me preparase para la universidad pero yo me decanté por la escuela de música. Al final saqué unas notas muy buenas.

Desaparecer durante un tiempo después de intentar entrar en «Factor X», y realizar pequeñas actuaciones fue lo mejor que pude hacer. Trabajé con productores y compositores, pero nunca firmé ningún contrato por si algún día lo volvía a intentar en «Factor X». Si no lo hubiera echo, habría entrado a trabajar de aprendiz con mi padre (cosa que me fascinaba), pero él quería que agotara todas las posibilidades.

Mi padre trabaja en una fábrica que construye aviones y en mi cabeza supongo que lo imaginaba como trabajar con piezas de Lego gigantes o algo así, pero la verdad es que es un trabajo duro. Mi plan alternativo era ser bombero. Sin embargo, a los dieciséis, decidí darle otra oportunidad a mi voz y a «Factor X».

UN PASO ADELANTE

Intentar entrar en «Factor X» por segunda vez puso mis nervios al límite porque ahora lo deseaba más que nunca. Algunos amigos y familiares estaban un poco preocupados de que fuera por si me volvían a rechazar, pero yo sabía que tenía que intentarlo pasara lo que pasara. Deseaba con todas mis fuerzas

 P. SIGUIENTE: **PREPARADO PARA LA CARRERA DE KARTS**

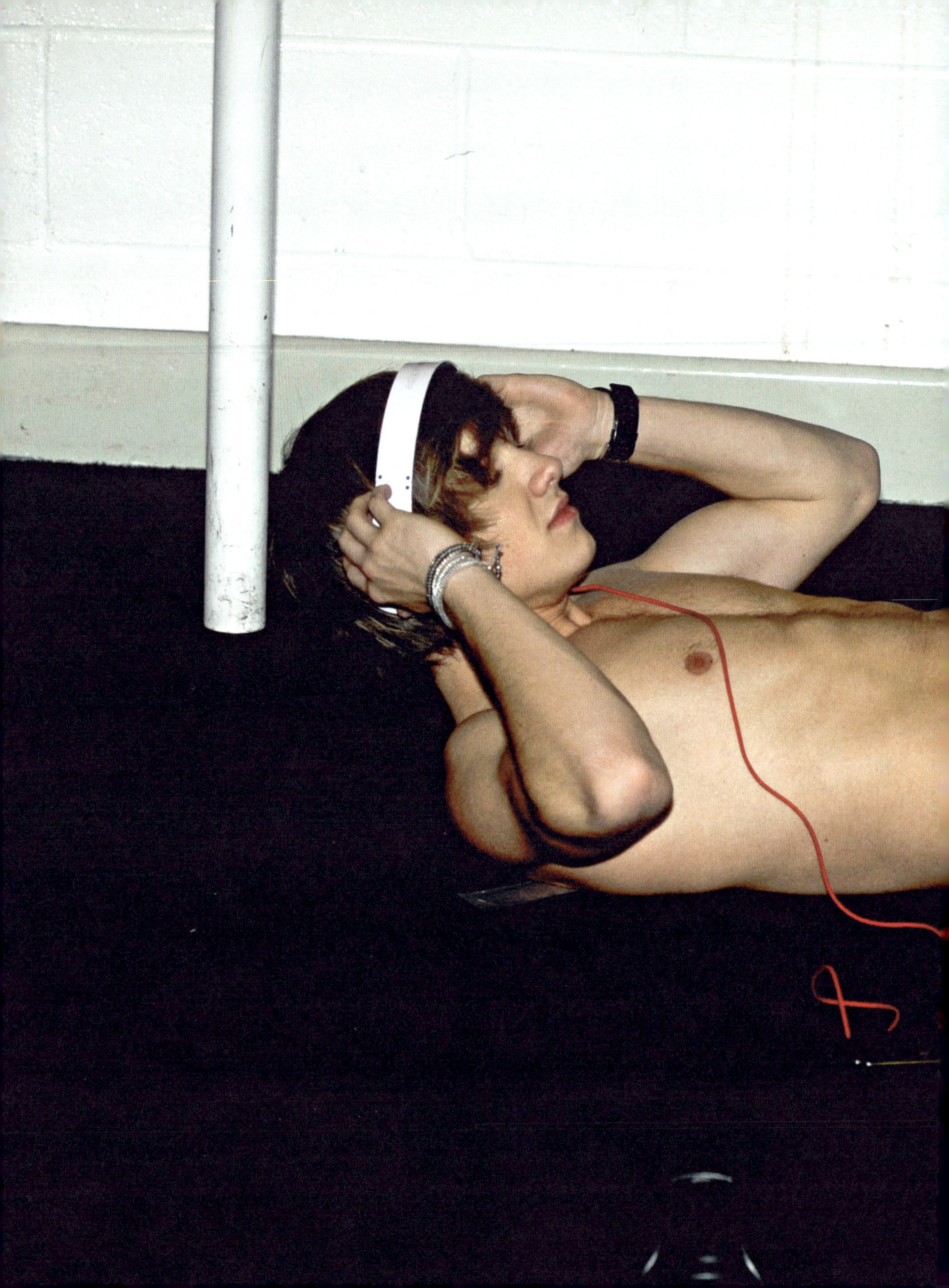

el sí de Simon Cowell y demostrar cuánto había aprendido desde la última vez que estuve en el programa. Había madurado mucho desde aquella ocasión.

Pasar por el Bootcamp fue una pasada, pero descubrir que no había superado la fase de la Casa de los Jueces fue desolador. Me afectó bastante pensar que aquél era el final de todo. Cuando nos dieron una segunda oportunidad me quedé, literalmente, sin habla. Yo fui el único de los chicos que pensó si era o no era una buena idea formar una banda. Me había preparado como artista solista durante tanto tiempo que no podía imaginarme otra cosa, pero tan pronto como decidí hacerlo supe que había tomado la decisión adecuada.

Estaba bastante nervioso ante el hecho de ir a la casa del padrastro de Harry. Obviamente ninguno de nosotros nos conocíamos, y me asustaba un poco la idea de juntarnos de esa forma y tener que conocernos tan rápidamente. Somos bastante diferentes y discutimos alguna vez. Yo tenía un montón de amigos en el colegio pero no éramos tan sociables, y Louis es tan extrovertido que al principio desconfié un poco. Él ejerce una amplia influencia en todos nosotros porque es el mayor y tiene madera de líder, así que es el que se ocupa de los correos o de las llamadas de teléfono de nuestros representantes. Yo estoy más en el lado creativo así que, en cierta forma, ambos llevamos el liderazgo y por eso tardamos en congeniar. Ahora nos llevamos de maravilla y hemos acabado siendo amigos íntimos. Mientras seamos sinceros los unos con los otros, todo funcionará.

Nos echamos unas buenas risas aquella semana. Pasábamos las horas en la piscina del bungalow o mirando la televisión. Nos decíamos a nosotros mismos que estábamos ensayando, pero en realidad no sabíamos lo que estábamos haciendo. Nos sentábamos por ahí y cantábamos algunas canciones haciendo lo que nosotros creíamos que eran armonías. Esa semana nos sirvió más para conocernos que para cualquier otra cosa.

Hemos cambiado mucho desde aquellos días que pasamos en casa de Harry. Nos influenciamos mutuamente de una u otra manera. Yo he pasado tantas horas con Niall que ¡me ha pegado su acento irlandés sin darme cuenta!

Ir a las Casas de los Jueces en España supuso otra gran oportunidad de aprendizaje para nosotros. Fuimos allí dispuestos a darlo todo y a hacer lo que estuviera en nuestras manos para conseguirlo. La verdad es que todo pasó muy rápido y ocurrieron tantas cosas que apenas puedo recordar todo lo que hicimos, pero lo que sí recuerdo es regresar de allí sintiéndome genial.

Antes de entrar en la casa con el resto de participantes pasamos unos días con nuestras familias. Cuando llegó el momento de marcharme, mi padre me miró y me dijo: «Hagas lo que hagas, no vuelvas antes de Navidad». El quería que lo lográramos.

Fue una sensación extraña hacer las maletas y dejar mi hogar sabiendo que podría pasarme fuera algunos meses. Además, íbamos a compartir casa con el resto de participantes, que eran unos completos desconocidos para nosotros. Eso significaba que tendría que trabajar y vivir muy cerca de las habitaciones de gente que no conocía.

Incluso compartir el dormitorio con los chicos me costaba un poco. La habitación era diminuta y nos pasábamos todo el día juntos. Resultaba muy difícil encontrar tiempo para nosotros mismos y eso es muy importante. Yo solía irme antes que los chicos a la cama. Ellos preferían quedarse un buen rato charlando así que siempre les estaba echando la bronca por despertarme. Pero si te soy sincero, nunca he conocido a cuatro tíos tan trabajadores. No hay nada que rechazáramos hacer. Cada vez que nos pedían hacer una entrevista, o ponernos delante de la cámara, o cualquier otra cosa, jamás decíamos que no. Siempre estábamos dispuestos.

Fue divertido compartir la casa con otra gente pero, como he dicho antes, eran completos desconocidos, y eso implicó conocer un montón de gente nueva. Al margen de mis compañeros hice muy buenas migas con Rebecca y Matt, y aún me sigo llevando bien con ellos.

Para mí, ni qué decirlo, el punto álgido de estar en «Factor X» fue conocer a Robbie Williams. Él es una de las razones por las cuales me dedico a esto, y el mero hecho de sacarme una foto con él fue una experiencia alucinante. Le di las gracias y le conté que si no fuera por él, probablemente, yo no estaría

NUNCA HE CONOCIDO A CUATRO TÍOS TAN TRABAJADORES

3
It is forbidden
to jump from the
carpet to another
No Somersaults
NO. 1
RIDE

DESEÁBAMOS, POR ENCIMA DE TODO, SEGUIR JUNTOS

en el programa. El pareció estar entusiasmado y se comportó de forma muy modesta. Me reconoció que nunca sabe qué decir cuando la gente le dice que le gusta, porque él simplemente se dedica a lo que sabe hacer, pero que significa mucho para él escucharlo. Nos aconsejó que mantuviésemos los pies en el suelo.

Conocer a Michael Bublé también estuvo genial. Es un tipo súper agradable y tan accesible como cualquier persona que puedas conocer. Fue flipante que supiera quiénes éramos. ¡Imagina lo que es saber que Michael Bublé ha estado viendo tu actuación por la televisión!

Llegar a la final fue alucinante, pero cuando nos dijeron que no habíamos ganado, el mundo se nos vino abajo. Estábamos más que satisfechos con nuestra interpretación de *Torn*, al menos creo que hicimos todo lo que estuvo en nuestra mano.

Estábamos sobre el escenario con Matt y Rebecca y primero dijeron el nombre de Matt. Después nombraron a Rebecca y el ánimo se nos vino abajo. Habíamos superado con éxito todas las votaciones anteriores así que esa experiencia era nueva para nosotros. Cuando vuelvo a ver aquel momento por la televisión parece que Dermot tarde una eternidad en leer el nombre de Rebecca, pero cuando estuve allí fue como si todo pasara en un instante.

Puedes ver cómo nos cambian las caras cuando Dermot pronuncia el nombre de Rebecca. También las fans que se encontraban entre el público se quedaron de piedra. No es que nos hubiéramos creído los rumores que nos daban por vencedores, pero guardábamos la esperanza de que así fuera.

Incluso cuando estábamos en el escenario intentando mantener el tipo al saber que no habíamos ganado, no pude evitar sonreír. Había sido una experiencia increíble y de alguna manera sabía que aún no se había acabado. Los chicos estaban completamente desolados, pero yo tenía la sensación de que todo iba a salir bien.

Cuando miro los videos de las actuaciones me doy cuenta de lo lejos que hemos llegado y cómo hemos logrado que todo funcione. Nos pusieron juntos y trabajamos duramente (muchas veces por nuestra propia cuenta). Es por eso que, cuando supimos que no habíamos ganado, me sentí muy orgulloso de nosotros y supe que seríamos capaces de llegar lejos.

Aún recuerdo aquellos días en el bungalow al inicio del concurso, cuando nos parecía casi imposible llegar a pisar el escenario en la final. Ni siquiera pensábamos que entraríamos en la Casa de los Jueces, así que fue una pasada. Al final del día sí que me sentí desilusionado por no haberlo logrado, pero estaba satisfecho por cómo lo habíamos hecho.

Entre bambalinas algunos chicos lloraron pero, aunque yo había llorado cuando me dijeron que no entraría al Bootcamp, en aquel momento no lo hice. Supongo que no sabía realmente cómo debía sentirme. Había participado en un programa de televisión durante las últimas diez semanas, cantado delante de una audiencia de veinte millones de personas, y eso era exactamente lo que siempre había querido hacer. Al menos había tenido la oportunidad de hacerlo. Claro que me preguntaba si conseguiríamos un contrato discográfico, o si nuestra aventura ya había acabado. También pensaba en la gente que no había ganado y lo había hecho estupendamente. Diana Vickers quedó la cuarta y mira lo lejos que ha llegado.

Era una situación complicada pero intentamos recomponernos y esperar a ver qué pasaba. Cuando nos llevaron al camerino de Simon supimos que allí saldríamos de dudas sobre si querría continuar trabajando con nosotros. El ambiente era tenso y nosotros nos mirábamos nerviosamente. Deseábamos por encima de todas las cosas seguir formando parte de la banda, irnos de gira y grabar un disco, pero Simon nos hizo esperar un poco antes de darnos la noticia.

Era como regresar a la Casa de los Jueces, porque él nos decía lo mucho que le gustábamos pero tampoco nos daba una respuesta definitiva. Cuando nos ofreció el contrato discográfico quedamos en estado de shock. Yo tenía la sensación de que iban a ser buenas noticias pero hasta que no lo escuché de su boca no me quedé tranquilo. ¡No me lo podía creer!

Después salimos y dejaron que se le contáramos sólo a la familia. Teníamos que mantenerlo en secreto con los demás, aunque sobra decir que la prensa se enteró bastante rápido. Aquella fue una noche llena de emociones. Al día siguiente teníamos que salir de la casa, lo que era otro cambio importante. Habíamos convivido durante los últimos meses y se nos iba a hacer raro no hacerlo a partir de ahora. Por supuesto que agradecimos recuperar nuestro propio espacio, pero he de reconocer que todos nosotros echamos de menos algunas cosas de cuando compartimos aquella habitación.

Nos trasladamos directamente de la casa de los participantes a un hotel de la zona oeste de Londres y nos lo pasamos genial en la fiesta que se celebró esa misma tarde. Estuvo bien poder charlar tranquilamente de todos los buenos momentos que habíamos compartido. Teníamos que madrugar al día siguiente y nos controlamos bastante. Seguramente fuimos los que mejor nos portamos.

Durante los días siguientes nos dedicamos a reunirnos con la oficina de representación y a hacer actuaciones. Aunque era bastante extraño estar fuera de la burbuja de «Factor X», fue refrescante poder experimentar cosas nuevas. Obtuvimos una respuesta asombrosa en las actuaciones que hicimos y nos sentíamos más banda que nunca porque estábamos dando un espectáculo con un listado completo de canciones. Podríamos haber estado haciendo aquello durante semanas, pero llegaron las Navidades y creo que a todos nos sentó bien un parón después de la locura de los últimos meses

UNA FELIZ NAVIDAD PARA TODOS

Fue genial volver a casa por Navidad. Todo parecía en calma y yo me sentía más unido a mis padres que nunca. Se notaba que estaban muy orgullosos de mí y creo que el tiempo que pasé fuera hizo que los días que pasamos juntos fueran más especiales.

Con los chicos fue una cosa parecida. Habíamos pasado tanto tiempo juntos que necesitábamos separarnos una temporada, y eso hizo que nos echáramos de menos y valoráramos lo que habíamos conseguido. Nos enviamos algunos mensajes pero también nos dimos espacio. Cuando nos vimos después de las Navidades nos alegramos de estar juntos de nuevo.

Fue extraño estar en casa y no tener montones de cosas que hacer. Estaba tan acostumbrado a estar las veinticuatro horas del día sin parar que se me hacía raro sentarme delante de la tele para relajarme un rato. Mi hermana Ruth y yo siempre acabábamos yendo al cine o a la bolera porque yo necesitaba mantenerme ocupado. Me costaba sentarme y no hacer nada.

El día de Navidad fue estupendo. Hubo un montón de regalos geniales. Como tengo una mentalidad un tanto empresarial, siempre he sido muy prudente con el dinero, pero en aquella ocasión tiré la casa por la ventana (por primera vez podía permitírmelo). Acabé comprando cuatro iPads, un portátil, un teléfono para el cumpleaños de mi madre y montones de pulseras Links of London. Invité a toda la familia a cenar y me encantó el poder hacerlo. También compré a mi colega unas zapatillas de deporte. A veces me dejo llevar por el momento porque si veo algo que sé que le hará feliz a alguien lo quiero comprar, pero después sale el empresario que hay en mí y me hace ser precavido.

Mis amigos y mi familia no me trataron de forma diferente por el programa, aunque creo que mis padres me veían, en cierta forma, más maduro. Mi madre lo pasó mal porque yo siempre he sido el pequeño de la familia y sabía que en el día de Año Nuevo me marcharía. Ahora no tiene nadie a quien cuidar, así que aún me hace la colada e intenta hacerme la maleta. Pero me plancho mis cosas.

DE NUEVO EN ACCIÓN

Se me hacía raro pensar en lo mucho que había cambiado mi vida en unos pocos meses. Como todo el mundo sabe, soy un fan absoluto de Leona Lewis. Me encanta y creo que es preciosa. Ahora me sigue en Twiter y dice que tiene muchas ganas de conocerme. ¿No es una locura? Todo está yendo tan rápido que a veces necesito pararme y hacer balance para poder apreciarlo realmente.

Justo el día después de Año Nuevo comenzamos con las actuaciones y tocamos en algunas fiestas privadas. No nos lo creíamos cuando nos dijeron que teníamos que ir a LA para hacer algunas reuniones y grabar varios temas. Mi padre siempre me decía que si alguna vez nos proponían ir a LA, él querría ser el primero en saberlo.

Fuimos a comer a casa de nuestro manager, Richard Griffiths. Dejamos los teléfonos en el coche por cortesía, pero cuando nos sentamos a comer y empezó a hablar de lo de ir a LA mi primera reacción fue coger el teléfono para enviar un mensaje a mi padre. Al momento me di cuenta de que no lo tenía así que me moría de ganas de volver al coche para poder decírselo. Él se puso muy contento cuando lo escuchó.

Nunca había estado en LA y deseaba saber cómo era. No tiene nada que ver con Inglaterra. Puedo entender por qué todas las estrellas van allí a grabar discos. Es el sitio perfecto para hacerlo, con todos esos edificios espectaculares y el sol radiante. Conocimos a Randy Jackson, un tío increíble, y Bryan McFadden se pasó para saludar. Leona Lewis iba a venir a conocernos, pero al final no pudo ser.

Nos alojamos en el enorme hotel W y solíamos bajar a la piscina después de levantarnos. Estábamos allí para trabajar pero no había una agenda fija, así que a veces se parecía más a unas vacaciones que a otra cosa. Compramos montones de deportivas. Aunque nadie compró tanto como Louis. Es un comprador compulsivo. Zayn y yo casi perdemos el avión. Habíamos estado haciendo compras de última hora y el tráfico estaba imposible. Acabamos corriendo despavoridos, pero al final llegamos a tiempo.

music

Cuando estuvimos en LA fuimos a cenar con el famoso productor Max Martin y grabamos algunos temas con el equipo de RedOne. Recuerdo que pensaba: «Díos mío, lo hemos conseguido».

La cosa más rara que nos pasó en LA fue encontrarnos con todas aquellas fans en el aeropuerto. No nos lo esperábamos. Nos habían visto por YouTube y nos recibieron con una enorme pancarta.

La vuelta a casa fue la experiencia más surrealista que he tenido. El aeropuerto de Heathrow sólo tiene una salida y es allí donde cazan a todos los famosos. Había tal cantidad de fans que hacían el paso imposible así que tuvimos que evitar la entrada principal y escaparnos corriendo por una puerta lateral seguidos de los miembros de seguridad. Yo recibí un golpe accidental durante la carrera y a alguno de los chicos les arrancaron la ropa.

Cuando llegó la furgoneta de los antidisturbios tuvimos que salir de la cabina del aparcamiento en donde nos habíamos escondido para intentar llegar a ella, pero alguien me agarró de la capucha y acabé aplastado contra un lateral de la furgoneta. Al final consiguieron meterme dentro. Condujeron con la sirena y las luces puestas. Fue tremendo. En aquel momento aún no habíamos publicado ningún single o álbum, lo que lo convertía en una locura aún mayor.

Lo mejor de la gira es que pudimos ver a un montón de fans, y eso nos encanta. Todo el mundo es simpático y agradable. Por motivos de seguridad a veces tenemos que pasar desapercibidos, pero nosotros siempre hemos preferido saludar y conocer a la gente. Si están esperando frente a una de las puertas del recinto para nosotros lo natural es salir y saludar, pero a veces la gente que nos cuida dice que no es seguro y no podemos hacerlo, cosa que lamentamos.

Tenemos las mejores fans del mundo. Seguramente todos los grupos digan lo mismo, pero tengo un ejemplo: el otro día Louis dijo en Twitter que le gustaban los cereales de la marca Curiously Cinnamon y, poco después, ¡alguien los trajo al hotel! Es increíble. Puede ser un poco extraño desper-

LO MEJOR DE LA GIRA ES QUE PUDIMOS VER A UN MONTÓN DE FANS, Y ESO NOS ENCANTA

tarse con los gritos de las fans a la siete de la mañana, pero la verdad es que nos encanta.

Incluso la mayoría de los chicos son agradables con nosotros. El otro día estaba en un local de *fish & chips* y unos tipos se me acercaron para preguntarme sobre la banda y me dieron muestras de apoyo. Es una pena cuando la gente no se muestra tolerante, porque simplemente somos cinco chicos normales que hemos salido de la nada y hemos trabajado duro para llegar aquí. Si ellos estuvieran en nuestra posición se sentirían exactamente igual.

Lo más curioso sobre la fama es que no hay un momento en el que realmente te pares a pensar y digas: «Ahora soy famoso». Hay grandes momentos que vives sobre el escenario o en el estudio, pero no lo llegas a pensar. Recuerdo estar sobre el escenario en Birmingham y cuando las luces se encendieron miré al público y pensé: «Éste es mi trabajo. Cueste lo que cueste nunca dejaré de dedicarme a esto». A veces estoy en el estudio sonriendo sin ninguna razón aparente, y es porque soy feliz de estar allí.

Realizamos los ensayos de la gira en un sitio llamado Light Structures. Fue todo un reto tener que aprendernos todos aquellos pasos de baile. Yo había hecho algo de danza cuando era más joven, pero estábamos aprendiendo muchísimas cosas nuevas. Incluso nos enseñaron a movernos de forma sensual y creo que a todos nos dio un poco de vergüenza al principio.

Zayn ha mejorado muchísimo y se pasa todo el día bailando. Se le ve muy seguro de sí mismo. Somos cinco chicos y ya se sabe que los chicos no solemos bailar demasiado. Hemos llegado al acuerdo de no reírnos de los demás cuando estamos ensayando nuevos pasos. Estamos dispuestos a trabajar todo lo que sea necesario, y creo que ésa es la actitud que hay que tener en este negocio. Además, como siempre estamos juntos, se convierte en una especie de competición. Hasta cuando estamos jugando al Pokemon con la consola competimos entre nosotros. Pero creo que es bueno tener esta actitud porque significa que nos estamos esforzando para llegar a nuestro máximo nivel.

Iniciamos la gira en Birmingham, lo que estuvo bien porque es la ciudad donde vivía entonces. No nos esperábamos que la primera noche fuera tan espectacular. Obviamente, cuando en los ensayos hicimos el número inicial de salir desde el suelo del escenario en aquella especie de ascensores, no había nadie para verlo. No nos podíamos ni imaginar lo que nos encontraríamos allí aquella noche. Antes de salir a escena nos pusimos el auricular de sonido y escuchamos el rumor de la gente de forma bastante difusa. No nos esperábamos algo así. Cuando salimos de los ascensores vimos decenas de pancartas y un montón de gente gritando con las camisetas de One Direction. Ver tu nombre en una pancarta es una sensación rara. Parece como si no fueras tú en realidad. No sé lo que debió sentir Harry cuando vio a todas aquellas chicas con las camisetas de «Amo a Harry Styles». Realmente le querían.

No llevamos a cabo ningún ritual antes de salir al escenario; nos dedicamos a hacer el tonto, sin más. En «Factor X» teníamos un saludo especial y charlábamos hasta el momento de la actuación. Supongo que allí estábamos más despreocupados por el hecho de que sabíamos lo que íbamos a hacer cada noche.

Compartimos habitación con otros participantes y cualquiera que estuviese con nosotros acababa haciendo el tonto también. Supongo que es una de las cosas que nos caracteriza: sacamos el lado gamberro de la gente. Normalmente siempre nos salimos con la nuestra porque la gente que supuestamente nos tendría que echar la bronca también se lo pasa en grande con nosotros.

Las dos únicas veces que nos ganamos una buena bronca fue cuando tuvimos aquel par de peleas de fruta. Louis es muy espontáneo y una noche empezó a tirar fruta a la gente y en un momento se montó una buena guerra que acabó con todas las paredes llenas de restos de fruta.

También tenemos un sentido del humor bastante particular. Alguna vez, justo antes de salir al escenario, Louis y Zayn competían por ver quién era el que le daba al otro el golpe más fuerte con el brazo a peso muerto. También jugábamos a decir palabras que no viniesen a cuento en el escenario. Una noche tuve que decir «Rodney» y «Del Boy» en mitad de una canción. Otro participante tuvo que decir la palabra «cosechadora», y Ian Beale, de la serie «EastEnders», también lo hizo en un par de ocasiones. A Louis le tocó decir «bicho bola». Creo que lo dimos todo en aquella gira.

Cogí la costumbre de asegurarme de que toda mi ropa estaba preparada para salir al escenario en cualquier momento. Esto me pasa porque cuando empecé a hacer actuaciones hace algunos años, mi padre siempre hacía hincapié en el hecho de que siempre pareciera un profesional. Me quedé con eso así que, aunque nos lo estemos pasando genial, nos tomamos las cosas muy en serio.

Hubo algunas fiestas durante la gira, pero yo soy una persona bastante tranquila y mientras la gente se iba a tomar algo después de las actuaciones, yo me iba a mi habitación a disfrutar de la tranquilidad. Hay muchas cosas que me gustaría conseguir y por eso no me interesa beber. Muchas veces iba al bar para charlar con la gente, pero después de actuar delante de nueve mil personas cada noche, necesitas tiempo para ti mismo. Tras aquel abrumador nivel de sonido, el silencio se vuelve tan extraño que asusta. Es algo a lo que te tienes que acostumbrar. Ahora, cuando estoy en mi habitación me siento más solo que antes.

Cuando vivía en Wolverhampton no había gran cosa que hacer y la única vez que salí fue cuando mi padre y yo fuimos al Great Western, el pub local. Me aburría bastante estar sin hacer nada y ahora me sigue pasando igual. Soy igual de feliz saliendo a pasear para pensar un rato, como yendo al gimnasio a machacarme, o estando en un bar con gente. El trabajo es muy importante para mí porque hace que libere el estrés.

Dicen que soy como el papá del grupo porque soy el único que no bebe. Con un solo riñón tengo que ser cuidadoso con cosas como la sal, las proteínas y el alcohol. Supongo que me consideran el sensato del grupo por ese motivo.

Creo que ni siquiera beberé cuando tenga edad para ello. Quiero aprender a conducir para poder llevar a los chicos de un sitio a otro y cuidarles cuando salimos.

UN FANTÁSTICO FUTURO

Escribimos canciones durante la gira, pero para mí fue bastante complicado porque no tenía guitarra. Hice firmar la mía por los participantes de «Factor X» y después se la regalé a un amigo. Desde entonces no he tenido la oportunidad de comprar otra. Estábamos constantemente poniendo en común ideas para canciones. Queremos estar implicados en cada paso del camino y tener la sensación de que todo lo que logramos es realmente nuestro. No queremos convertirnos en una de esas bandas que se limitan a cantar las canciones de otros.

Alucinamos cuando nos dijeron que podríamos contar nuestra historia en un libro y nos lo pasamos genial recordando cada momento. Fue increíble cuando recibimos la llamada de que había llegado al número uno. Ver a toda aquella gente esperando en la cola a que les firmáramos el libro me hizo darme cuenta que lo que nos estaba pasando era real. Muchas fans vinieron con unas camisetas chulísimas y fue un placer conocerlas.

Soy sin lugar a dudas el miembro más torpe de One Direction y aún continúo metiendo la pata. En una firma de libros le eché un trago tan rápido a una botella de Coca-Cola que al ponerla sobre la mesa salieron las burbujas y me empaparon la ropa. En otra ocasión me tropecé en el escenario delante del público. Soy un peligro.

Durante la gira tuve un problema recurrente ¡con mis pantalones! Cuando interpretábamos *Forever Young* nos poníamos a saltar por el escenario, y en una de esas, me hice una raja en los pantalones. En otra ocasión se rajaron

desde la cintura hasta la pierna. Otra vez estábamos esperando que empezara a sonar *My Life Would Suck* y Louis me empujó bromeando y el pantalón se me volvió a romper. Tuve que cantar dos canciones con un agujero inmenso en ellos. No había forma de disimularlo así que hice una broma sobre ello y me reí con el público.

La fiesta de despedida fue genial. Nos sentíamos felices y aliviados. A pesar de lo que habíamos disfrutado en la gira, necesitábamos descansar después de sesenta conciertos y teníamos ganas de darnos un descanso. La fiesta se organizó en un club junto al hotel y yo sólo me quedé durante un rato porque necesitaba relajarme un rato. Creo que Harry y Louis disfrutaron de la fiesta por todos nosotros. Louis es definitivamente el más fiestero aunque, en realidad, estar todos juntos en la misma habitación es como estar en una fiesta.

Creo que disfrutamos aquellos conciertos más que cualquiera. Ahora estamos encantados de estar embarcados en nuestra propia gira. Tiene más fechas que la de «Factor X» y estamos siendo capaces de presentar montones de ideas y aportaciones. También estamos pudiendo ver a un montón de fans y hacer lo que se nos da mejor.

Cuando acabó la gira de «Factor X» llevé a mis padres de viaje a Florida y se lo pasaron en grande en los Universal Studios. Nunca hemos tenido mucho dinero y si visitábamos algún parque de atracciones siempre teníamos que esperar una eternidad en las colas. Esta vez pudimos darnos el capricho de comprar unos pases VIP para esperar un máximo de cinco minutos en cada atracción. Salimos a cenar a sitios agradables y pasamos un tiempo genial juntos. Para mí fue bueno poder despejarme un poco después de todo lo vivido en «Factor X».

Disfrutamos cada segundo del proceso de escribir canciones y grabarlas para el álbum. Encontrar el que sería nuestro primer single fue una experiencia agotadora. Queríamos que fuera perfecto. Fue una maravilla poder contar con compositores y productores tan importantes. Para mí, la persona más apasionante de todas con las que hemos trabajado es un tipo llamado

Claude Kelly, compositor de *Grenade* y *My Life Would Suck*. Es como una máquina de fabricar éxitos. Tuvimos que colaborar en la composición de los temas, cosa verdaderamente importante para nosotros y que nos encanta hacer.

Hicimos un viaje a Suecia y otro a LA, y los dos fueron geniales. Estuvimos en LA tres semanas y pudimos conocer muchas más cosas que en el viaje anterior, pero teníamos que mantenernos centrados el trabajo. Lo dis

frutamos igualmente porque el trabajo es, en realidad, muy divertido. Cada viaje que hacemos nos sirve para intimar más y más, y éste nos unió mucho.

Me gusta viajar, pero lo que no soporto es hacerme el equipaje. No importa las veces que lo hagamos, creo que no conseguiré desprenderme de esa sensación de que dejas algo atrás. Meter toda tu ropa y tus cosas sabiendo que vas a estar fuera semanas o meses es verdaderamente estresante.

Actualmente se puede decir que vivimos en hoteles. En el pasado compartimos algunas casas, cosa realmente divertida pero ¡totalmente descontrolada! Pronto tendremos nuestros propios pisos. Algunos de nosotros lo compartiremos (Louis con Harry y Niall con Zyan), pero yo creo que pillaré algo por mi cuenta. Necesito mi propio espacio. Les quiero a rabiar, pero sé que cuando vengamos de pasar veinticuatro horas al día juntos querré tener algo de tiempo para mí mismo. Siempre he sido así.

Hemos trabajado muy duro este año y nos hemos llegado a pasar tres meses seguidos sin tener un solo día de fiesta. Es una locura, pero todo es nuevo y emocionante. Las sesiones de fotos y las actuaciones para la televisión nos hacen tanta ilusión que encima disfrutamos haciéndolas. Y nos las hemos ingeniado para coger algunas piezas de ropa gratis.

El otro día tuve una extraña experiencia viendo la televisión. Levanté la vista y pensé: «Reconozco a ese tío», ¡y era yo! Nunca llegamos a vernos en «Factor X», así que verte ahí sabiendo que otras personas te están mirando es una auténtica locura.

Tenemos la sensación de que hemos hecho algunas cosas increíbles, y el álbum y la gira son nuestras máximas prioridades ahora. Estamos emocionados por hacer música que llegue a la gente y tenemos un montón de cosas planeadas.

Mi objetivo principal a largo plazo es ser grandes en América. Ése es mi sueño dorado. No va a ser fácil, pero nosotros estamos decididos a hacerlo posible.

No tenemos demasiados días libres pero no nos importa. Nos ayudamos y apoyamos los unos en los otros. Si uno de nosotros está cansado y aún queda trabajo por hacer, le levantamos el ánimo y aunamos esfuerzos para acabar (incluso si sólo hemos tenido dos horas para dormir). Ésta es nuestra oportunidad para pasarlo increíblemente bien haciendo lo que nos gusta y no vamos a dejarla pasar por nada del mundo.

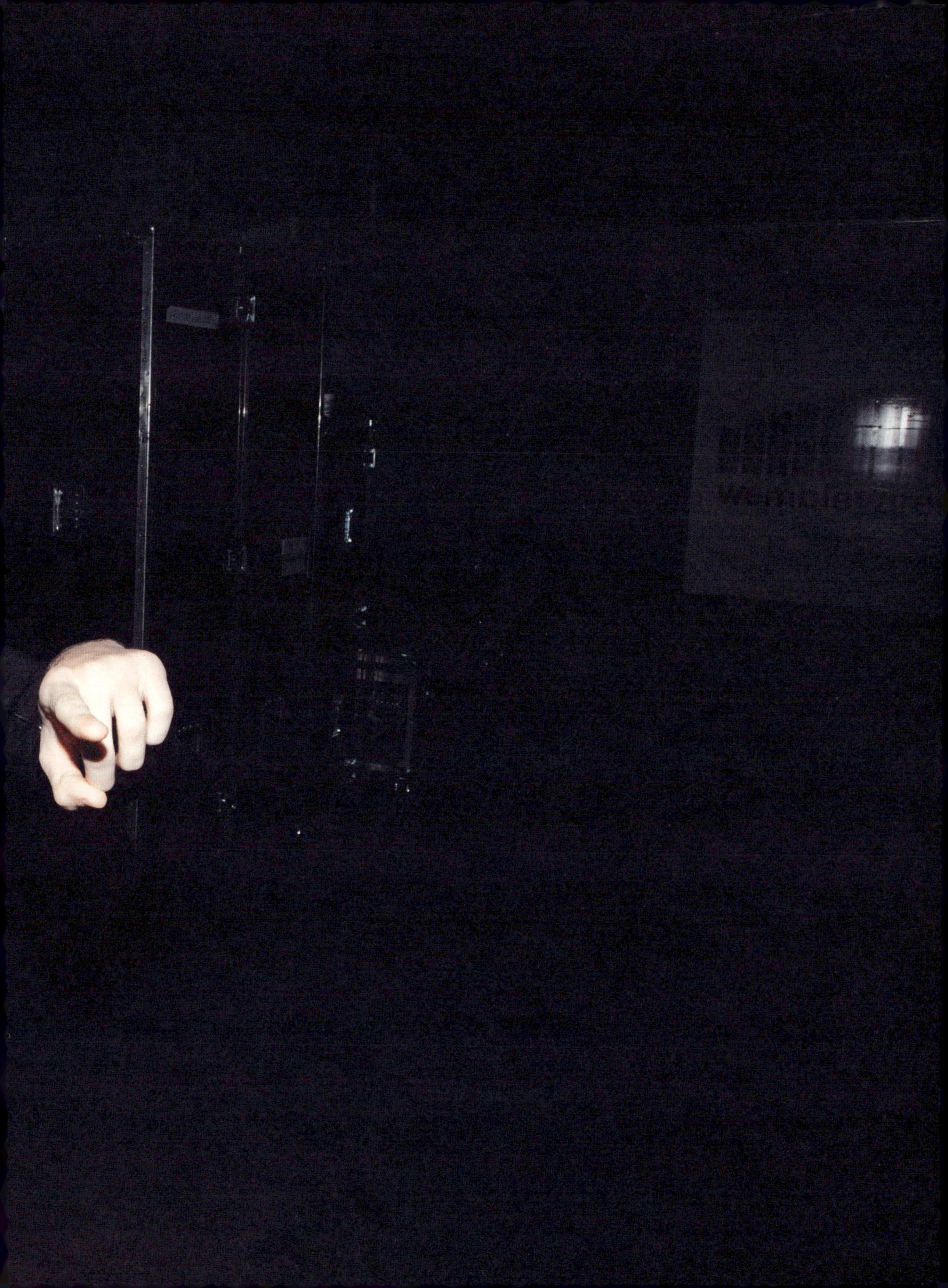

CUESTIONARIO

FDN: 29/08/1993

SIGNO DEL ZODÍACO: Virgo

favoritos...

PELÍCULA: *Click* y todas las de *Toy Story*

PARTE DEL CUERPO: Mis brazos

COMIDA: Chocolate

DISCO: «Echo», Leona Lewis

AMIGO: Martin, Andy y Ronnie

FAMOSA: Leona Lewis

TIENDA: All Saints

BEBIDA: Coca-Cola

COLOR: Violeta

SERIE DE TELEVISIÓN: «Friends» y «Todo el mundo quiere a Raymond»

AFTERSHAVE: One Million, de Paco Rabanne

PERFUME: XXX

JUEGO DE ORDENADOR: Pokemon

APLICACIÓN DE IPHONE: Flick Kick Football

FORMAS DE PASAR UN DOMINGO: Tumbado en la cama viendo películas

LUGAR PARA UNA CITA: El cine

PAÍS: Estados Unidos

RESTAURANTE: Cosmo. Es un buffet libre chino que tengo cerca de mi casa y está genial

CÓMO TE RELAJAS: Masajes, especialmente cuando tengo la espalda cargada

MEDIO DE TRANSPORTE: Coche

NOCHE IDEAL: Ir de cena con todos mis amigos

GRUPO: One Republic

¿DE QUÉ COLOR ES LA FUNDA DE TU NÓRDICO? Azul

¿QUÉ TIPO DE ROPA INTERIOR LLEVAS? Aunque suene un poco diva, Boxers Armani

PRIMERA MASCOTA: Una tortuga llamada Frederick. Soy bastante ingenioso con los nombres de mascotas

¿SOLO O EN COMPAÑÍA? Me encanta estar solo

ÚLTIMO LIBRO QUE HAS LEÍDO: *Forever Young*, de One Direction

ÚLTIMAS CINCO COSAS QUE TE HAS COMPRADO: Algo de comer en el Greggs, proteína en polvo, una PSP, un sombrero y unas zapatillas de deporte

¿QUÉ TIPO DE CHICA TE GUSTA? Me gustan las chicas que sean muy, muy simpáticas. En cuanto al aspecto físico, me encantan las chicas de pelo rizado, ¡aunque estoy abierto a otras ideas!

LOUIS TOMLINSON

LA PICARDÍA

Supongo que no os asombrará saber que siempre he sido un niño muy charlatán y que me gustaba hablar con el primero que se me cruzara por la calle. Fui a una escuela infantil de Doncaster. Una época superdivertida. Disfrutaba jugando con otros niños. Estaba obsesionado con los Power Rangers y siempre que me preguntaban lo que quería por Navidades o para mi cumpleaños yo siempre contestaba que quería un Power Ranger. El Ranger rojo era mi favorito. Cuando conocí a Zayn descubrí que él también estuvo loco por ellos ¡y solíamos intercambiar opiniones!

Nos mudamos a Poole, cerca de Bournemouth, cuando tenía cuatro años. Era un sitio precioso. ¿Quién no querría vivir junto al mar, rodeado de atracciones de feria? Aún recuerdo cómo me emocionaba al subir a la atracción de los Power Rangers en el paseo marítimo. Era un lugar perfecto para un chaval de mi edad; siempre había algo interesante que hacer. Hice los dos primeros cursos de primaria en una escuela local llamada Uplands. Gané todas las carreras celebradas en el día del deporte.

Un par de años después de habernos mudado a Poole mi madre se quedó embarazada de mi hermana Charlotte y regresamos a Doncaster, donde me matricularon en una escuela llamada Willow. No participé en ninguna actuación y era un niño un poco descarado y bastante movido. Se me hizo muy duro cambiarme de escuela a los seis años y dejar a mi mejor amigo Alex en Poole. No me costó hacer nuevos amigos, pero era bastante travieso y a menudo me llamaban la atención. No es que me portara mal, pero me gustaba hacer el tonto en clase y hacer reír a la gente. Afortunadamente, parecía que caía bien a los profesores. (En el caso de que alguno de ellos esté leyendo esto ¡me disculpo por hacer esta disparatada suposición!)

En aquellos días pasaba la mayor parte de tiempo con mis estupendos abuelos Edna y Len porque mis padres trabajaban. My abuela solía llevarme al parque después de recogerme de la escuela y pasaba casi tanto tiempo con ella como el que pasaba en casa. Me llevaba genial con ellos y, cada vez que estaba en su casa, mi abuelo me hacía helado. Los echo mucho de menos. A mi abuela le encantaba «Factor X» y sé que hubiera disfrutado viéndonos en el programa.

Me siento muy afortunado de tener una familia tan grande. Recuerdo el día en que nació mi hermana Charlotte. Tenía seis años y rompí a llorar porque me sentía abrumado por aquella experiencia. Era inmensamente feliz, pero había sido hijo único hasta ese momento y aquello me causó una gran conmoción. Ahora tengo cuatro hermanas: Charlotte (la llamamos Lottie), Félicité (Fizzy), y Daisy y Phoebe, gemelas. Está genial tener tantas hermanas, pero siempre quise tener un hermanito. No me quejo, porque todas mis hermanas son increíbles, pero me hubiera gustado que hubiera habido otro chico en la casa.

No teníamos una casa muy grande, y siempre había cinco mujeres por ahí rondando, así que mi padre y yo estábamos muy unidos. En cierta forma, eso me enseñó cosas sobre las mujeres. No me siento en absoluto intimidado por las chicas, estoy más que acostumbrado a ellas. Tener tantas hermanas

 P. SIGUIENTE: **CELEBRANDO MI QUINTO CUMPLEAÑOS**

I AM 5
ITS MY BIRTHDAY TODAY!
CoolKid

ARRIBA: **PULGARES ARRIBA EN EL DÍA DEL DEPORTE**
P. SIGUIENTE: **LEYÉNDOLE UN CUENTO A MI HERMANA CHARLOTTE. ¡MIRA QUÉ PELOS!**

First

también me ha ayudado con los niños, y siempre me dicen lo cómodo que estoy en su compañía. Me encantan los bebés y los niños, y los chicos siempre me están tomando el pelo por lo padrazo que soy. Puedo decir con total seguridad que en un futuro tendré hijos, así podré tener el pequeñajo que siempre quise. Existe la remota posibilidad de que acabe con quince o veinte hijas si el niño se resiste, e imagino que es algo que puede asustar a cualquiera que piense casarse conmigo (aunque espero que no afecte a su decisión).

La secundaria fue un poco locura para mí porque me cambié de instituto dos veces. Había dos centros cerca de mi casa y al que realmente quería ir era Hayfield, pero no pude entrar y acabé en otro que se llamaba Hall Cross. Estaba bien y, aunque hice dos buenos amigos (Dan y Aiden), no acabé de adaptarme del todo y la verdad es que no era muy feliz. Al final me ofrecieron una plaza en Hayfield y me cambié. Fue bastante duro, porque yo ya tenía trece años y los compañeros ya se conocían entre ellos. Yo era el chico nuevo y las primeras semanas fueron bastante complicadas ya que las pasé intentando hacer nuevos amigos. Mirándolo desde la distancia, me alegro del cambio. Hayfield es una gran escuela y allí pasé, sin duda, algunos de los mejores momentos de mi vida.

A los trece años atravesé una fase bastante turbia en cuanto al vestir. Solía llevar vaqueros y camisetas de equipos ingleses; parecía un macarra. También adopté el corte de moda de la época, con el flequillo cayendo sobre un lado de la cara y la parte de arriba despeinada. La ropa no me interesó de forma especial hasta los diecisiete (hasta esa edad me ponía unos tejanos y la primera camiseta que tuviera a mano), pero ahora soy un verdadero adicto a la moda y me encanta ir de compras.

Al año de estar en Hayfield entré en una banda llamada The Rogue. En una casa de colonias en Norfolk compartí habitación con mis amigos Geoff, Jona y Jamie. Ellos formaban parte de una banda junto a otro chico llamado Stan, el cual es ahora mi mejor amigo. Hicimos muy buenas migas y en el viaje de vuelta, en el autobús, Geoff dijo que estaban buscando un cantante y me preguntó si querría intentarlo, ¡algo muy extraño teniendo en cuenta que nunca me había oído cantar! Solíamos ensayar una vez a la semana, aunque no dimos ningún concierto. Hacíamos un montón de versiones de Green Day y ¡nos creíamos bastante rockeros!

Al final de cada trimestre solíamos cantar una canción para nuestros compañeros de clase. Una de las primeras canciones que tocamos fue *Mr. Brightside* de los Killers (mis compañeros acabaron asociándome con esta canción hasta que acabó la escuela). Me encantaba actuar pero nunca tuve el valor de hacer una actuación completa en la escuela porque me intimidaba bastante. Así que supongo que es bastante contradictorio que haya acabado actuando para miles de personas. Al año más o menos, la banda decidió buscar un nuevo cantante, así que Stan y yo mantuvimos el nombre y empezamos a trabajar con un chico muy dotado para la música llamado Ben. Solíamos hacer actuaciones en formato acústico, pero era más por diversión que por otra cosa, y nunca esperamos llegar a algo. Sencillamente disfrutaba de la sensación de actuar frente a un público.

Por entonces yo ya había realizado pequeñas actuaciones, al margen de los conciertos escolares, como extra en televisión. Como mis hermanas Daisy y Phoebe son gemelas idénticas, las solían contratar para participar en alguna serie. Cuando hicieron «Fat Friends», mi madre le preguntó al director si yo podría aparecer como extra y fue así como conocí al actor James Corden. Es un tío estupendo y un buen amigo mío ahora. Irónicamente, yo fui una de las primeras personas en pedirle un autógrafo y aún lo conservo en algún lugar en casa. Tendré que localizarlo y enseñárselo para sacarle los colores.

Después de aquel trabajo como extra comencé a ir a una escuela dramática en Barnsley y me busqué un representante. Después de eso participé en «If I Had You», un telefilme de la ITV1, y tuve un pequeño papel en «Waterloo Road». Me gustaría dedicarme a la interpretación en el futuro, pero por ahora estoy centrado en la banda. No pienso parar hasta que seamos conocidos en todo el mundo.

ME INTIMIDABA ACTUAR DELANTE DE MIS COMPAÑEROS DE ESCUELA

Uno de los mucho trabajos que tuve en mis años escolares fue en Toys "R" Us. A finales de décimo curso todos los alumnos teníamos que pasar por algún tipo de experiencia laboral, y como mi abuelo conocía al presidente del Barnsley Football Club, trabajé como entrenador durante dos semanas. Fue genial. Deseaba sinceramente llegar a ser entrenador de fútbol. Eso, o profesor de inglés o teatro. Me atraía bastante la idea de trabajar con niños.

También trabajé a media jornada vendiendo aperitivos en el Keepmoat, el estadio de fútbol de los Doncaster Rovers, y lo único que me gustaba de estar allí era la comida gratis. Después trabajé en el cine Vue, y eso sí que estuvo guay porque podía ver todos los estrenos. Me hicieron un contrato de tres meses a prueba y, aunque en alguna ocasión llamé para decir que estaba enfermo y ellos se enteraron de que en realidad había estado de fiesta, me renovaron y los tres meses se convirtieron en siete y medio. Creo que les gustaba bastante y querían mantenerme en plantilla, pero no se podían permitir ofrecerme un trabajo a jornada completa. Al final fue «Factor X» el culpable de que dejara de trabajar allí. La primera audición a la que tuve que asistir para entrar en el programa coincidió con uno de mis turnos de trabajo, así que le pedí a mi compañero Laurence que me cubriera. Él lo olvidó y no se presentó (pero era mi responsabilidad). Ésa fue la gota que colmó el vaso y me echaron.

También fui camarero durante una época. No era el mejor camarero del mundo pero me ganaba muy buenas propinas porque daba conversación, y puede que también me dedicara a flirtear un poco...

Recuerdo un montón de historias de las fiestas a las que asistí durante mis años de bachillerato, algunas de ellas bastante disparatadas. En una ocasión me había tomado algunas copas y me quedé sin la posibilidad de que me llevaran a casa. Como necesitaba un sitio en el que quedarme, la solución obvia en aquel momento fue caminar hasta el aeropuerto con mis amigos Rob y Curtis y dormir allí. ¡No puedo decir que sea el mejor sitio donde he dormido!

SHURE

Para complicar aún más las cosas, suspendí mi primer año de bachillerato en Hayfield porque había estado demasiado ocupado divirtiéndome. Recuerdo el día que me dijeron que había suspendido. Quedé destrozado. Sabía que no me dejarían repetir. Todos mis buenos amigos lo aprobaron y pasarían al curso siguiente; después irían a la universidad, y yo me quedaría atrás.

Acabé volviendo al Hall Cross para repetir el curso allí. Elegí psicología, literatura inglesa, informática y educación física, aunque después dejé literatura inglesa porque era demasiado. Fue un gran golpe para mí, pero afortunadamente tenía diecisiete años y estaba encantado de hacer nuevos amigos. Pese a que me sentía un poco idiota por tener un año más que mis compañeros creo que encajé rápido. Además era el único de mi curso que podía conducir, lo que me colocaba en una posición privilegiada ya que significaba que podía llevarles en coche.

Aprobé el examen de conducir a la primera. El teórico me llevó un poco más de tiempo porque no repasé el examen (mal hecho por mi parte), pero a la segunda saqué 43 puntos, uno más de los que necesitaba para aprobar. Estaba guay poder llevar a la gente en mi Clio 1.2. Tenía llantas de aleación y cierre centralizado. Era mi orgullo y un motivo de alegría. En verdad era el coche de mi abuela, pero al final era como si fuera mío porque ella nunca lo utilizaba.

Uno de los momentos culminantes de mi época en el instituto fue cuando me dieron el papel principal en *Grease*. Era el primer musical para el que me presentaba y fue el mismo día en el que tuve la entrevista para el trabajo navideño en Toys "R" Us. Mi madre pasó a buscarme tras la entrevista para asegurarse que iba a la audición ya que sabía que no lo tenía muy claro. Afortunadamente, todo salió bien y me alegré muchísimo cuando me dijeron que me daban el papel de Danny. Fue un momento muy especial y todavía me emociono cuando veo el vídeo. Me sentía muy orgulloso de ser el protagonista y me esforcé al máximo. Me gustaría aprovechar la ocasión para

darles las gracias a todos los implicados en aquella producción. Fue una época muy especial de mi vida y nunca la olvidaré.

Durante aquel primer año me lo pasé en grande, casi siempre estaba por ahí pasándomelo bien. Aquel verano fue el mejor de mi vida. Viajé a Francia con Stan, después a Jersey con Stacey (una chica que había conocido en las vacaciones) y por último asistí al Festival de Leeds. Fue una experiencia increíble. Recuerdo un montón de fiestas en casas y jardines. Yo mismo monté una fiesta en casa cuando mis padres estaban fuera y fue una pasada.

Toda mi familia se había ido durante dos semanas y no permitieron que me quedara solo en casa, o con las llaves, porque sabían que montaría una fiesta. Yo me había hecho una copia extra así que, una hora después de que se hubieran ido, ya estaba de vuelta en nuestra casa de Doncaster. Invité a todo el mundo por el Facebook y Stan trajo un ampli inmenso. Enchufamos el iPod y lo pusimos a toda potencia (con las puertas del patio abiertas), así que fue sólo cuestión de tiempo que la policía viniera y nos hiciera bajar el volumen.

Quise que mi madre se enterara de la fiesta mientras aún estaba de vacaciones para que así se le fuera pasando el enfado, así que colgué las fotos en el Facebook. Sabía que allí las vería. Por suerte no se rompió nada y dejamos todo bastante limpio, así que al final no fue para tanto.

Cuando cumplí dieciocho años empecé a salir todavía más y solía ir a un bar llamado Priory, donde pinchaban música independiente. Así entré en contacto con muchos tipos de música y comencé a escuchar grupos muy variados en casa. Los recuerdos que tengo de aquel club son increíbles; esperaba con ganas que llegara el fin de semana para poder ir.

Tengo la gran suerte de tener muy buenos amigos, y Stan ha sido mi mejor amigo durante los últimos cinco años. Hemos vivido infinidad de situaciones delirantes juntos. Te cuento algunas: gritar con todas nuestras fuerzas el nombre de «Tony» sólo porque es el nombre de mi vecino, hacer ver que nos sabíamos la letra de todas las canciones que sonaban en el Priory y mover los labios emitiendo palabras sin sentido, la vez en que estábamos en Francia y le dijimos algo ligeramente ofensivo a una chica pensando que era francesa y resultó ser inglesa y, cómo no, la vez que Stan estaba tan borracho que intentó mear en la habitación de mi hermana. Tenemos un montón de recuerdos divertidos, no todo el mundo tiene la suerte de tener un amigo tan íntimo y yo me siento muy afortunado.

Siempre me llevé bien con las chicas de la escuela y tuve un par de relaciones en séptimo y octavo. Hacia finales del octavo curso solía quedar con mi amigo Dan e hice amistad con una amiga suya llamada Arianna. Acabamos saliendo juntos durante ocho meses. Se puede decir que ella fue mi primera novia formal.

Para ser sincero, he de admitir que me gustaba ligotear en la escuela y siempre me agradó la compañía de las chicas. Había una chica que me gustaba especialmente: Beth. Fuimos amigos durante seis meses y después empezamos a salir cuando yo tenía unos quince años. Estuvimos juntos dos años y dos meses. Nos llevábamos muy bien, pero las cosas comenzaron a complicarse demasiado para dos jóvenes de nuestra edad y decidimos romper. Después de aquello estuve sin salir con ninguna chica durante un año hasta que conocía a Hannah, la novia que tuve cuando estaba en el programa.

Aunque pueda parecer lo contrario, no tuve montones de novias, pero me gusta tener pareja y casi siempre estaba con alguien. No me lo tomaba a la ligera cuando era más joven y no puedo imaginarme haciéndolo ahora.

LA SEGUNDA VEZ ESTABA MÁS NERVIOSO QUE NUNCA

APROVECHANDO LAS OPORTUNIDADES

En 2009 me inscribí en «Factor X» pero no superé la primera ronda. Me pasé el resto del año esperando poder participar otra vez y, al menos, pasar a la primera fase. Cuando lo intenté la segunda vez estaba más nervioso que nunca. Me sentía mucho más presionado porque estaba desesperado por entrar. No se lo conté a mucha gente porque se trataba más de probarme a mí mismo que era capaz de hacerlo. Me puse en la cola a las dos de la madrugada y ya había unas cien personas allí. Fui con mi amigo Stan y, una vez en la cola, nos metimos dentro de los sacos de dormir. Descansábamos a ratos y, de vez en cuando, nos íbamos moviendo.

Lo pasé fatal durante la audición. Canté *Elvis Ain't Dead* de Scouting Girls y *Hey There Delilah* de los Plain White T's. Fue un alivio saber que me había clasificado. La sola idea de ir al Bootcamp era fascinante, especialmente si tienes en cuenta que sólo había estado en Londres dos veces. ¡Ahora la conozco como la palma de mi mano!

La semana anterior al Bootcamp fui con mi abuelo a comprar algo de ropa nueva, y fue entonces cuando me compré mi primer par de zapatos Toms. Como mucha gente ya habrá podido comprobar ¡me encanta esa marca! Tengo unos once pares de diferentes colores.

Cuando entré al Bootcamp enseguida me dí cuenta de los que tenían más posibilidades, pero no me acuerdo de muchos de ellos, a excepción de Zayn y Aiden, porque nos hicimos amigos. Ya por entonces Cher destacaba como favorita y, aunque no hablé mucho con el resto, recuerdo que cuando vi a Harry y Liam pensé: «Vosotros pasáis seguro». Me hice una foto con Harry porque sabía que se haría famoso. Incluso llegué a darle un abrazo y decirle que no se preocupara porque todo le iba a salir bien.

Por eso me impactó tanto que después de esperar una eternidad (o al menos eso nos pareció a nosotros) a que dijeran los nombres de los solistas masculinos clasificados, no llamaran a Harry o Liam. Me impresionó más que no los escogieran a ellos que a mí. Después de cantar *Make You Feel My*

Love en el Bootcamp me entristecí al pensar que no lo había hecho lo suficientemente bien como para clasificarme. Dermot se me acercó fuera de cámara y me dio un abrazo. Fue un gesto muy bonito, ya que realmente no tenía por qué hacerlo. Yo seguía preocupado por mi actuación y no me esperaba en absoluto pasar a la siguiente fase.

Cuando nos dijeron que querían formar un grupo con nosotros cinco, Harry nos ofreció enseguida la casa que su padrastro Robin tiene en Cheshire para que pudiéramos conocernos un poco más. Estuvo genial. Compartíamos el bungalow del jardín trasero y había una piscina y un montón de tiempo libre para jugar al fútbol. Yo les llevaba en coche a todos los sitios y, en cierta forma, fue como la Semana de los Novatos que organizan las universidades para que los estudiantes se conozcan.

El bungalow era un sitio muy acogedor y como teníamos aquellos colchones inflables, podíamos dormir en cualquier sitio. Todos congeniamos con todos, pero Harry y yo conectamos de forma especial y ahora es mi mejor amigo en la banda. Es un tío genial. Es muy tranquilo y accesible. Nos hemos entendido desde el primer momento y tengo la sensación de conocerle de toda la vida.

No hubo un solo momento de calma en el bungalow. Hablamos sobre un montón de cosas, desde los recuerdos del pasado a lo que queremos para el futuro. Por las noches solíamos encender una pequeña hoguera y cantar algunas canciones mientras Niall tocaba la guitarra. Fueron buenos tiempos. Creo que es increíble cómo, haciendo tan poco que nos conocíamos, lográramos fraternizar a ese nivel en tan sólo una semana. No fue algo forzado, ocurrió de forma natural.

Cantábamos las canciones al unísono y en alguna ocasión intentamos hacer alguna armonía, pero sonaba fatal. Visto desde la distancia es bastante divertido. No sabíamos realmente lo que estábamos haciendo pero creo que fue muy importante para nosotros pasar aquel tiempo juntos antes de entrar en la Casa de los Jueces. Hubiera sido muy duro ir a España como grupo sin conocernos y sin apenas haber ensayado.

Guardamos muy buenos recuerdos del tiempo que pasamos en Marbella. Sirvió para que nos uniéramos aún más, a la vez que disfrutábamos del sol. Nos divertimos, comimos montones de pizzas y Niall, que habla bastante bien el español, hizo de traductor para nosotros.

Aunque Simon Cowell es una de las personas más famosas que puedes conocer, en ningún momento me sentí cohibido. Hace que te sientas cómodo.

El peor momento que pasé en España fue cuando me picó una medusa. El pie se me hinchó muchísimo y pasé un poco de vergüenza al tener que ir cojeando a todos los sitios. Además, por televisión se veía aún más hinchado. No fue una buena experiencia que digamos.

Fue increíble cuando nos dijeron que nos habíamos clasificado para la fase de las actuaciones en directo. Íbamos alucinados en el vuelo de vuelta. Tampoco queríamos celebrar nada por respeto al resto de participantes con los que compartíamos el avión y que no habían conseguido clasificarse. Lo último que queríamos era hacer que se sintieran peor cuando todos se habían esforzado tanto.

Pasamos unos días en casa antes de volver al concurso, y mi abuelo me llevó de compras otra vez, así que pude estrenar ropa. Estaba entusiasmado por conocer el sitio donde íbamos a vivir. Imaginaba un lugar extraordinario, y así fue.

No pasamos tanto tiempo en la casa como el que me hubiera gustado porque estábamos muy ocupados, pero cuando estábamos, aprovechábamos para jugar al ping-pong y pasarlo bien.

Obviamente, también hubo algunos momentos más complicados. Imagínate cómo tiene que ser compartir una minúscula habitación con otros cuatro chicos. Teníamos el dormitorio más pequeño de la casa y, a veces, no podíamos descansar bien. Echaba de menos mi cama y, después, cuando las cosas comenzaron a acelerarse, no dejaba de pensar en mis amigos y mi antigua vida. Pero no cambiaría lo que estamos viviendo por nada del mundo.

MILWAUKEE

Estoy muy unido a mi madre y tengo una relación buenísima con ella, pero estábamos tan ocupados que apenas tuve tiempo para echar de menos mi hogar. Hablaba mucho con ellos por teléfono y les veía una vez por semana, así que supongo que eso hizo las cosa más fáciles.

Nunca olvidaré la primera semana en el programa. ¡Menuda experiencia! Todo fue increíble. Mi interpretación favorita fue *Torn*, y fue alucinante poder conocer a Robbie Williams. Es uno de mis héroes y soy un verdadero fan suyo. Conocerlo superó todas mis expectativas. Michael Bublé también es muy agradable, y estar junto a Cheryl Cole tampoco estuvo nada mal. Fue encantadora con todos nosotros. Sinceramente, no recuerdo ninguna experiencia negativa de aquellos días. Como ya sabéis, finalmente conseguimos un contrato discográfico. Aunque no ganáramos el concurso, nos sentimos muy orgullosos de nosotros mismos.

¡ES NAVIDAAAAAAAAD!

Solamente tuvimos tres o cuatro días libres por Navidad, pero no nos importó porque los exprimimos al máximo. Como tenía algo de dinero pude excederme un poco en los regalos familiares. Fue fantástico poder hacerlo.

El día antes de Navidad celebré mi cumpleaños con la familia y por la noche salí con mis amigos. No nos pasamos demasiado. Estaba bastante cansado y quería dedicar el tiempo libre para recuperar fuerzas.

El hecho de que sea más conocido ahora no supuso ninguna diferencia respecto a Navidades anteriores, aunque después de todo el tiempo que había pasado fuera, supongo que valoré más el tiempo que pasé en casa. Me regalaron ropa, algo de dinero, un portátil y un iPod. ¡No me fue mal! Pero tuve que limpiar y hacer alguna otra tarea de la casa, así que ya veis que nada ha cambiado.

No es que estuviéramos hablando constantemente del programa. Creo que a mis hermanas mayores les parecía muy extraño que, por haber estado en el programa, sus amigas de la escuela me pidieran autógrafos; y no creo que las gemelas entendieran lo que estaba pasando. Eran demasiado jóvenes todavía.

Volver a casa me hizo darme cuenta de cómo me había cambiado la vida en tan poco tiempo. Me siento muy afortunado por haber entrado en la banda. Si no hubiera sido así no sé cómo me hubieran salido los exámenes finales. No tenía la motivación adecuada; sin embargo, con el grupo estoy tan motivado que estoy constantemente pensando en ideas y trabajando para mejorar. Me apasiona estar con ellos. De hecho, te puedo decir que nunca he sido tan organizado en mi vida como lo soy ahora.

Mantuve el contacto con los chicos mediante mensajes, y Harry y yo hablamos por teléfono en un par de ocasiones. El día de mi cumpleaños me felicitaron, fue muy agradable. Nuestras familias también son amigas ahora, y mi madre y la de Harry se han hecho íntimas. Incluso durante la gira, vinieron a la actuación de Newcastle para celebrar el cumpleaños de mi madre.

Cuando volví a Doncaster me enteré que unos chicos que conocía estaban diciendo a mis espaldas que no merecía estar en el lugar en que estoy. No negaré que he tenido un montón de suerte, pero trabajo muy duramente cada día; así que, independientemente de si piensan si soy bueno o no, estoy aquí por alguna razón.

Algunas fans vinieron a casa durante las vacaciones de Navidad y otras llamaron a la puerta de la casa de mi abuelo en varias ocasiones. Me siento fatal si no estoy allí. En un ocasión llegaron a esperarme ocho horas, pero como estuve fuera todo el día no pude verlas y me sentí horrible.

No sé si llegaremos a acostumbrarnos completamente a la atención de las fans. Agradecemos mucho su apoyo y poco a poco nos vamos acostumbrando, pero todavía es fácil olvidar que la gente te reconoce por la calle. Incluso si sales un momento a la tienda a las once y media de la noche, después de

un día ajetreado, puedes encontrarte con gente que te hace fotos, y eso me produce una sensación muy extraña.

Ahora tengo la responsabilidad de reflexionar sobre cosas que antes ni siquiera tenía que pensar dos veces antes de hacer. Incluso algo tan sencillo como ir a comprar algo a la perfumería. Tenemos que ir con cuidado si vamos a un sitio donde hay mucha gente porque, en un momento, la tranquilidad puede convertirse en auténtica locura.

El día de Año Nuevo salí con mis amigos y nos lo pasamos genial. La mayoría de mis amigos no me tratan de forma diferente ahora, y eso es muy importante para mí. Significan mucho para mí y me gustaría que nuestra amistad no cambiara.

Nos encantó tener algo de tiempo libre, pero teníamos un contrato discográfico y, en cierta forma, estábamos deseando volver al trabajo para ver qué nos tenía reservado el futuro.

NUEVO AÑO, NUEVOS RETOS

Antes de volver al trabajo ya sabíamos que enero iba a ser un mes bastante duro y estábamos preparados para ello. Me vinieron bien aquellos días de descanso, pero echaba de menos las actuaciones y estaba impaciente por volver a la carga. Teníamos algunas actuaciones concertadas y yo estaba ansioso por subirme al escenario y ver a todas las fans.

Pasamos una gran parte del mes de enero hablando sobre planes de futuro y también empezamos a trabajar en el disco. Aprovechábamos cualquier momento que teníamos libre para proponer ideas sobre cómo queríamos que sonara y qué tipo de influencias podíamos tomar como referencia. Queríamos involucrarnos tanto como fuera posible. Eso significaba escribir canciones, así que constantemente estábamos intercambiando ideas.

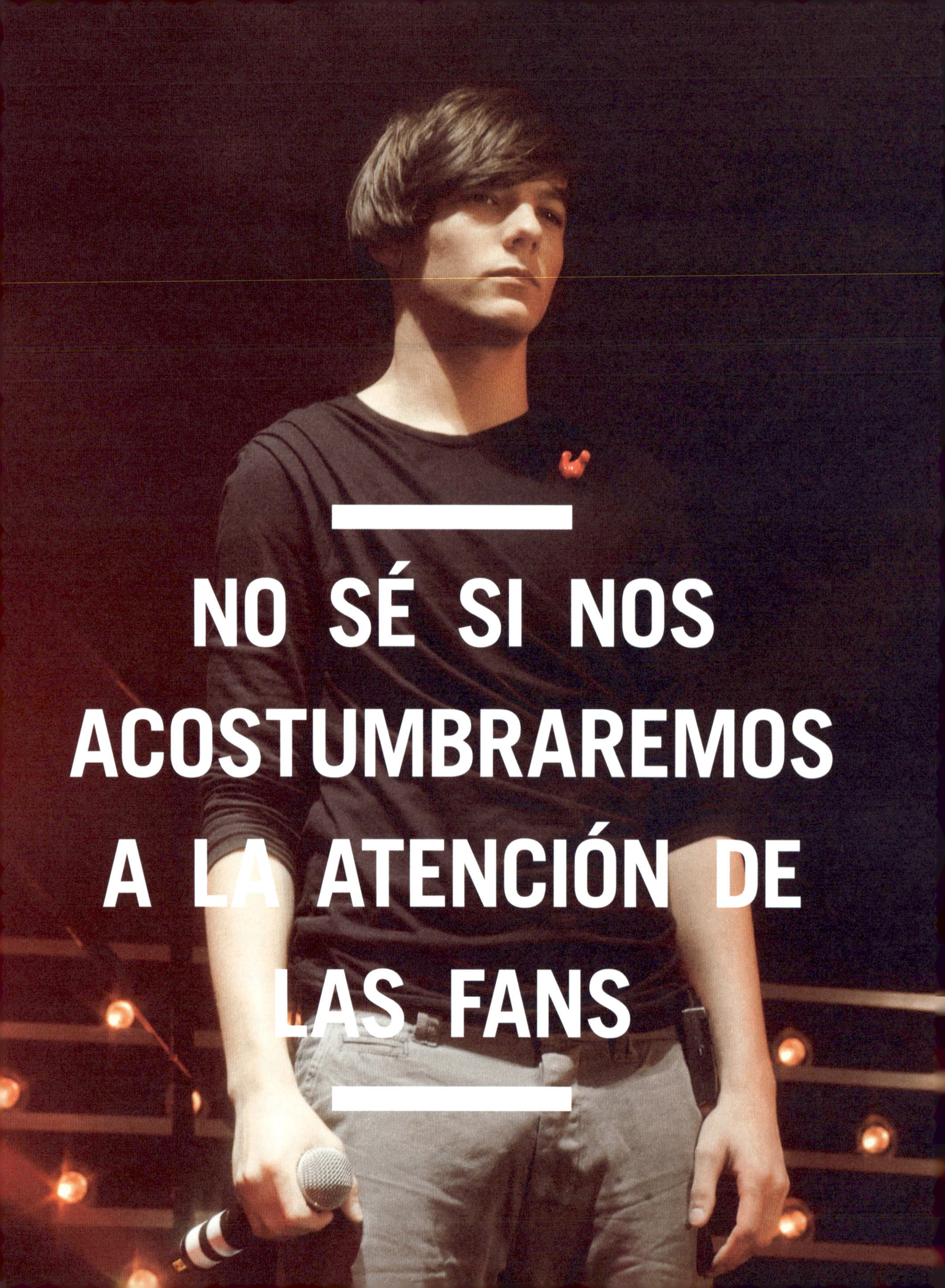
NO SÉ SI NOS ACOSTUMBRAREMOS A LA ATENCIÓN DE LAS FANS

Estábamos entusiasmados con la idea de volver a entrar en un estudio de grabación. Cuando estuvimos en «Factor X» grabamos algunas canciones y alucinamos con aquella experiencia. El estudio es un sitio estupendo. Nos da la posibilidad de pasar más tiempo juntos y pedir comida para llevar en sitios buenos. Todo el mundo que nos conozca sabrá que somos algo sibaritas con la comida. Allí nos enteramos de que pasaríamos unos días trabajando en LA. Fue una enorme y estupenda sorpresa. He de admitir que una de las primeras cosas en las que pensé fue que allí hay unas tiendas buenísimas. Me encanta comprar ropa y ya estaba planeando mentalmente qué iba a comprar.

El viaje duró cinco días, dos de los cuales los pasamos viajando, así que, aunque estábamos algo cansados, el sol y el buen tiempo nos cargaron las pilas y aprovechamos al máximo el tiempo que tuvimos. Al final, cuando llegó el momento de las compras, yo estaba algo apático y compré pocas cosas. Puedo conseguir mis Toms en Inglaterra, ¡y eso es lo más importante!

Uno de los días comimos en casa del reconocido productor Max Martin. Parecía un tío normal, con sus tejanos y su camiseta, pero la verdad es que estábamos bastante intimidados. También grabamos un tema con el equipo de RedOne y le gustó tanto que nos dijo que volviéramos a grabar algo allí.

A la vuelta de nuestro viaje a LA vivimos una de las mejores experiencias que se pueden tener con nuestras fans. Había cientos de ellas esperándonos en el aeropuerto. Para llegar a nuestros coches teníamos que pasar por donde estaban ellas, y no era muy seguro hacerlo. Sólo hay una salida en la terminal del aeropuerto y allí es donde nos estaban esperando. Por mucho que hubiéramos querido saludar a las fans y firmar autógrafos, hacerlo hubiera sido una imprudencia por nuestra parte.

A mí me fascinaba todo aquello, pero Niall estaba absolutamente aterrorizado. Para mí era como estar en una montaña rusa o algo así. No le dí más vueltas. Cuando están pasando tantas cosas y no sabes dónde girar o hacia dónde ir (y sabes que todo el mundo está ahí por ti) sientes una sensación increíble.

EAS
Whey Protein

Al final salimos por una puerta lateral, pero nos vieron y acabamos, literalmente, acosados. A mí me arrancaron la mitad de la sudadera que llevaba. En otra ocasión, más adelante, una chica me enseñó la manga que había conseguido arrancar de mi sudadera y llegó, incluso, a pedirme que se la firmara. Yo lo encontré delirante.

Otro de los momentos importantes fue el inicio de los ensayos de la gira, a principios de año. Fueron bastante intensos, y cuando empezamos a ensayar *Only Girl In The World* nos dimos cuenta de que la coreografía era mucho más complicada que las que hacíamos en «Factor X». No es que fuera difícil, pero había mucho que aprender y teníamos que repetir las cosas unas veinte veces. Teníamos muchas ganas de avanzar y aprender nuevas canciones, y eso nos frustraba un poco. Así y todo, no estábamos dispuestos a rendirnos, y nos motivaba ver que mejorábamos cada día.

Con todo lo que hemos aprendido creo que los ensayos merecieron la pena. Veo una diferencia abismal entre las actuaciones que hicimos en «Factor X» y las que hacemos ahora; sobre todo, si requería de un poco de movimiento o energía (como *Only Girl In The World*). Creo que hemos aprendido a tener una mejor presencia sobre el escenario y una mayor seguridad. Harry siempre ha sido el que se sentía más cómodo en los directos, pero creo que el resto ya hemos alcanzado su nivel. Participar en «Factor X» y actuar en grandes estadios en una fase tan temprana de nuestra carrera ha sido el mejor entrenamiento que hemos podido tener.

Una de las mejores cosas sobre la gira fue poder pasar más tiempo con todos los compañeros del concurso. Matt es un gran tipo. Solíamos tomarle el pelo diciendo cosas como: «Mírame, soy Matt, gané "Factor X" y soy un tío impresionante». También fue estupendo coincidir con Aiden otra vez. Al margen del grupo, es una de las personas con las que más hablaba.

Después de los conciertos teníamos una zona de bar o una habitación reservada para que pudiéramos relajarnos un rato. Yo iba cada dos noches más o menos para no cansarme demasiado. Creo que Niall fue el único de nosotros que iba cada noche. Le encanta hablar. Siempre estaba charlando con miembros del equipo o las bailarinas. Incluso si nosotros estábamos por allí, no se sentaba con nosotros. Buscaba gente nueva con la que hablar.

Cada cierto tiempo sentíamos la necesidad de hacer alguna tontería. Cuando estuvimos en Sheffield llenamos el camerino de basura. Todo empezó cuando tiré un trozo de manzana a la basura y no acerté. Eso derivó en nosotros cinco cogiendo manzanas y estrellándolas contra la pared. Compartíamos camerino con otros artistas masculinos y todos comenzaron a seguirnos cogiendo la primera fruta que tenían a mano. El suelo acabó lleno de naranjas y las mesas repletas de trozos de pera. Aquellos cinco minutos fueron divertidísimos. Sabíamos que no lo teníamos que hacer, pero nos dejamos llevar por el momento.

Tras la pelea de fruta salí hacia el lavabo y, cuando iba a entrar de vuelta en el camerino, Vicky, la asistenta del promotor de la gira, llegó y vio todo aquel desastre. Yo me hice el tonto, diciendo: «¿Qué ha pasado aquí? No tengo ni idea de cómo ha ocurrido, Vicky. Estaba fuera. Déjame que te ayude a recoger todo esto.» Mientras la ayudaba, no podía evitar mirar a Zayn y sonreír. Vicky me agradeció la ayuda y yo me salí con la mía.

Hicimos lo mismo en Liverpool, pero esta vez pensamos que nadie se daría cuenta porque tiramos toda la fruta en la ducha y después cerramos la cortinas. Nadie nos dijo nada cuando nos marchamos del recinto, pero unos días después, Cara nos enseñó dos fotografías del camerino que mostraban el estado de las duchas. Nos miró y dijo: «¿Qué es esto? Zayn se puso nervioso. No se atrevía a mirarla y se limitó a balbucear: «No lo sé, no lo sé». Al final negamos que hubiéramos sido nosotros. Creo que ella lo encontró divertido pero, obviamente, no podía decírnoslo.

Durante la gira no pararon de regalarnos zanahorias. Esto ocurrió porque en la segunda semana de «Factor X» nos preguntaron qué tipo de chicas nos gustaban y yo encontré divertido responder que me gustaban las chicas a las que les gustaban las zanahorias. Desde entonces, las fans vienen con pancartas y camisetas con zanahorias pintadas, y montones de zanahorias auténticas.

Una noche pusieron a un par de bailarinas disfrazadas de zanahoria en el fondo del escenario. Poco después, un amigo me dio un disfraz de zanahoria y me lo puse en una actuación. Fue genial. Creo que los granjeros deberían darme un porcentaje de sus beneficios, porque estoy seguro que las ventas de zanahoria han subido como la espuma.

Me encantó la fiesta de fin de gira. Fue una buena ocasión para hacer balance de todo lo que habíamos hecho y, en cierta forma, también sentimos un cierto alivio al saber que ya había acabado y que tendríamos unas pequeñas vacaciones.

Nos lo pasamos genial durante la gira, pero era un trabajo duro al mismo tiempo. Fue un lujo tener unos días libres y saber que no tendría que madrugar al día siguiente de la fiesta de despedida. No fui a la cama hasta las cinco de la mañana y después mi madre me llevó en coche hasta Doncaster, que son tres horas. Me sentí aliviado cuando me tumbé en mi cama.

Eché de menos a todo el mundo tras la gira. En realidad, eché de menos casi todo. La gente se queja de los viajes (yo mismo puedo estar fatigado a veces), pero tenemos la oportunidad de estar en sitios agradables y ver cosas chulas, así que no hay nada de qué quejarse. Estoy deseando hacerlo de nuevo. Y además será nuestra propia gira. Nos encanta ver a la gente, y la sensación que tienes al pisar un escenario no se puede comparar con nada.

También grabamos, durante la gira, el anuncio del juego de Pokémon para DS y nos regalaron una a cada uno. Liam, Zayn y yo nos hemos vuelto unos auténticos adictos. Estuvo bien grabar en una habitación de hotel. Lo único que tuvimos que hacer es mostrarnos de forma natural delante de las cámaras. Me pareció una locura que estuviéramos rodando un anuncio. Nos lo pasamos de maravilla.

Durante la gira de «Factor X» no dejamos de pensar y entusiasmarnos cada día más al saber que después haríamos nuestra propia gira como One Direction. Sería una buena oportunidad para demostrar lo que somos capaces de hacer. Lo habíamos estado planeando durante todo el año y cuando estába-

P. ANTERIOR: **UNA DE NUESTRAS PRIMERAS FIRMAS DE LIBROS, LAKESIDE. ¡CUÁNTA GENTE! QUEREMOS A NUESTRAS FANS**

ENERGIE

usic
STEDMAN

mos juntos aprovechábamos para hablar sobre todas las cosas que podríamos intentar. Alucinábamos al pensar que podríamos cantar todas las canciones del disco.

Cuando acabó la gira, Harry y yo fuimos a esquiar con nuestros amigos Stan y Johnny a Courchevel, Francia. Nos lo pasamos de miedo. Yo no había esquiado en mi vida, pero acabé haciéndolo relativamente bien. Nos reconocieron en bastantes ocasiones, pero todo el mundo fue muy agradable y respetuoso.

Alucinamos al saber que el libro sobre nuestra participación en «Factor X», *Forever Young*, había llegado al número uno. Gracias a eso tuvimos la oportunidad de conocer a un montón de fans en las sesiones de firmas de libros. No nos podíamos creer la cantidad de gente que venía, especialmente en la sesión que hicimos en el centro comercial de Lakeside. Con la cantidad de fans que vinieron, y la gente que se había acercado a comprar, miraras donde miraras veías una enorme multitud de personas. Fue genial poder dar las gracias personalmente por el apoyo que nos brindaban.

La grabación del disco fue, por momentos, frustrante, porque estábamos desesperados por encontrar el single adecuado, pero cuando lo conseguimos fue maravilloso. Había grandes canciones en el álbum y nos permitían mostrar todo el potencial de nuestras voces. Trabajamos con gente de gran talento, como Steve Robson y Wayne Hector. Steve había trabajado con Busted, James Morrison y un montón de gente más; y Wayne escribió *Flying Without Wings* para Westlife. En LA trabajamos con el increíble RedOne.

Él es una de las personas a la que todos admiramos, así que imagínate lo emocionados que estábamos. Nos encantó estar de vuelta en LA, sentíamos que ya la conocíamos un poco. También disfrutamos el viaje a Suecia. La gente de allí nos pareció encantadora.

Ese año estuvimos muy ocupados actuando en un montón de programas de televisión y grabando el documental. Queríamos que las fans tuvieran una idea de cómo son nuestras vidas fuera del escenario y también dar la oportunidad de conocernos mejor a quienes aún no son fans. En «Factor X» llega-

FUE GENIAL PODER DAR LAS GRACIAS POR EL APOYO QUE NOS BRINDAN

SIEMPRE NOS HAREMOS FOTOS CON LAS FANS

mos a acostumbrarnos de tal manera a las cámaras, que ahora no nos damos cuenta cuando tenemos una cerca. Es por esta razón que el documental es bastante revelador.

AVANZAR Y MEJORAR

No sé si llegaré a acostumbrarme a la fama alguna vez. Nos hemos ido haciendo a situaciones como la de ir a un hotel y que haya gente esperándonos pero, sorprendentemente, siempre ocurren cosas diferentes y no sabes bien qué esperarte (eso lo convierte en algo bastante emocionante). Lo más sorprendente para mí es que todo el mundo piensa que nos conoce bien porque nos han visto evolucionar en el programa y llegar hasta aquí. También hay gente que piensa que por el hecho de votarnos, invirtió en nosotros, y en cierta forma creo que tienen razón. La gente siempre dice: «¿Puedo hacerme una foto contigo? Te votamos un montón de veces cuando estabas en el programa y gastamos mucho dinero». Pero nosotros estamos encantados de sacarnos una foto con ellos ¡tanto si nos votaron como si no!

La gente también cree que los paparazzi son horribles, pero con nosotros siempre se han portado bien y hemos llegado a trabar amistad con algunos de ellos. Nos pasa lo mismo con la prensa. Siempre estamos dispuestos a hablar con ellos, aunque han llegado a escribir algunas cosas bastante divertidas que no son del todo ciertas. Un periódico publicó que Mary y Wagner estaban hasta las narices de nosotros porque una noche cogimos los ositos de peluche de Cher y los pusimos alrededor de Wagner cuando dormía. ¡La noticia daba la impresión de que le hacíamos la vida imposible! Pero no era cierto en absoluto; aquello fue una broma inocente sin mayor trascendencia. No tenemos ni idea de cómo los periódicos inventan este tipo de cosas, pero algunas de ellas son ridículas y brillantes a la vez.

ATRÉVETE A SOÑAR

¿Mis perspectivas de futuro? Me gustaría que nuestra música fuera conocida en todo el mundo. También nos gustaría llegar al número uno con un single y con el álbum. Personalmente me gustaría volver a LA y obtener una nominación en los BRIT Award. ¡Hay que apuntar alto!

CUESTIONARIO

FDN: 24/12/1991

SIGNO DEL ZODÍACO: Capricornio

favoritos...

LIBRO: La autobiografía de David Beckham o, al menos, la mitad que pude leer antes de que mi perro la destrozara a mordiscos (dato absolutamente real)

PELÍCULA: *Grease*

PARTE DEL CUERPO: Mi boca, porque sin ella no tendría trabajo

COMIDA: Pasta y pizza. De postre me quedo con el Cookie Dough del Pizza Hut

DISCO: «21», de Adele y «How to Save a Life» de The Fray

AMIGO: Stan

FAMOSA: Cheryl Cole o Diana Vickers

TIENDA: Topman

BEBIDA: Daim Bar (batido)

COLOR: Rojo

SERIE DE TELEVISIÓN: «One Tree Hill» y «Skins»

AFTERSHAVE: Ninguno. Creo que si un chico huele demasiado a aftershave es que está intentando aparentar

PERFUME: No tengo uno en particular; Sencillamente me gusta que una chica huela bien

JUEGO DE ORDENADOR: Fifa

APLICACIÓN DE IPHONE: Twitter

FORMAS DE PASAR UN DOMINGO: En la cama, con un tazón de cereales Curiously Cinnamon, un huevo frito con bacon y un sandwich con un poco de salsa de concentrado de carne. Después invitaría a Stan a echar un Fifa y remataría el día en el parque, dándole unos toques a la pelota

LUGAR PARA UNA CITA: El cine (sencillo pero efectivo)

PAÍS: Francia

RESTAURANTE: Pizza Hut, por el postre Cookie Dough

CÓMO TE RELAJAS: Saliendo con amigos

MEDIO DE TRANSPORTE: Coche

NOCHE IDEAL: Una buena fiesta en una casa

GRUPO: The Fray

¿DE QUÉ COLOR ES LA FUNDA DE TU NÓRDICO? Crema

¿QUÉ TIPO DE ROPA INTERIOR LLEVAS? Boxers de todos los colores

PRIMERA MASCOTA: Un perro llamado Ted

¿SOLO O EN COMPAÑÍA? En compañía. Me encanta la gente

ÚLTIMO LIBRO QUE HAS LEÍDO: Sólo he leído la biografía de David Beckham que se comió mi perro. No soy un gran lector y encima se lo comen

ÚLTIMAS CINCO COSAS QUE TE HAS COMPRADO: Un montón de cosas que me compré en Topman. Me gasté un dineral

¿QUÉ TIPO DE CHICA TE GUSTA? No tengo un tipo de chica definido, pero sí que me gustan las chicas espontáneas, alegres y con sentido del humor. Y que les guste hablar tanto como a mí

KIT
← SHOUT KIT →
GTR + CONGAS
CLAMPS / SIDEARMS
IEMs
D.I. BOXES

NIALL HORAN

UN CHICO DE PUEBLO

Nací en Mullingar, un pueblo de 35000 habitantes, situado en la región de las Midlands irlandesas. Vivía en una calle del centro, pero cuando tenía cuatro años nos mudamos a una propiedad que quedaba bastante lejos del pueblo. Uno de mis recuerdos más lejanos fue la visita que le hicimos a mi tía de Nueva York. Tenía unos cuatro años. También recuerdo cómo recorría mi calle en un pequeño tractor de juguete (no había muchos niños de mi edad, así que estábamos básicamente yo, mi hermano y sus amigos). También recuerdo cuando le hice una brecha en la cabeza a mi hermano ¡con una pala de ping-pong!

Mis padres se separaron cuando yo tenía cinco años y mi hermano y yo nos fuimos a vivir con mi madre durante una temporada. Después pasamos un par de años viviendo entre las dos casas. Al final yo terminé viviendo con mi padre porque vivía en el centro del pueblo. Fue una decisión puramente práctica; así la escuela quedaba cerca y podía tener más amigos. Siempre fui un niño bajito (probablemente lo sigo siendo) pero nunca se metieron conmigo en la escuela. Yo intentaba llevarme bien con todo el mundo. Siem-

TODA MI FAMILIA RECUERDA QUE SIEMPRE ESTABA CANTANDO ALGO

pre estaba dispuesto a echarme unas risas y pasar el rato, así que me llevaba bien con la mayoría de los otros chicos.

Lo pasé fatal en mi primer día de colegio. Mi madre me llevó y cuando se marchó comencé a llorar porque no quería estar allí. Sólo tenía cinco años y ninguno de mis amigos iba a aquella escuela. Me asusté al sentirme tan solo. Sin embargo, me adapté pronto y me empezó a gustar el colegio. Disfrutaba con todo lo que hacíamos allí (a excepción de los deberes, que odiaba, y estudiar, que no es que lo hiciera demasiado).

Estuve enganchado a la música desde bien pequeño. Le pillé el gusto cuando empezamos a tocar la flauta dulce en la escuela. Tenía unos cinco o seis años y desde entonces siempre ha estado presente en mi vida. Solía cantar en el coro de villancicos de la escuela y mi profesora de canto, la señorita Caulfield, me decía que cuando cumpliera ocho años, debería intentar entrar en la coral del pueblo.

Toda mi familia recuerda que siempre estaba cantando algo. Mi tía solía venir desde Estados Unidos durante los veranos y nos íbamos a Galgway, al oeste de Irlanda. Una vez íbamos en el coche y yo empecé a cantar una canción de Garth Brooks en el asiento de atrás y mi tía se pensó que era la radio. A Michael Bublé le pasó exactamente lo mismo con su padre. Estaba cantando *White Christmas* en el asiento de atrás, y fue así como su padre se dio cuenta de que cantaba realmente bien. Él es mi héroe absoluto, así que me encanta saber que tenemos una historia similar. Mi tía dijo que desde aquel momento, ella siempre supo que llegaría a ser famoso, y no se cansaba de repetírmelo cuando crecía, pero yo nunca pensé en ello.

Empecé a tocar la guitarra a los doce años y, un año después, me apunté a un espectáculo de talentos organizado por la escuela. Canté *The Man Who Can't Be Moved*. Mi compañero Kieron me acompañó con la guitarra y, aunque no era una competición ni nada parecido, salí en el periódico local porque habían enviado a un fotógrafo. Eso me animó a hacer algo más, y me inscribí en un pequeño concurso local (de nuevo con Kieron), donde interpreté *With You*,

P. ANTERIOR: **UNA ACTUACIÓN IMPROVISADA, DISFRAZADO DE PO, DE LOS TELETUBBIES**

de Chris Brow. Gané el concurso, lo cual fue alucinante, y me hizo pensar que quizás no se me daba del todo mal cantar.

Hice de telonero de Lloyd Daniels (ganador de «Factor X» en 2009) en un pequeño local llamado The Academy. Le dije que iba a intentar entrar en el programa, pero no le vi muy convencido de ello. Tiempo después, vino a ver una de las actuaciones que hicimos en «Factor X» y me acerqué a él. Me recordó y dijo: «¿Ves? Te dije que lo intentaras». ¡Pero no lo dijo!

El noviembre anterior a intentar entrar en «Factor X», participé en el concurso «Lluvia de estrellas». Canté *I'm Yours* de Jason Mraz, que fue una elección muy fácil (como diría Simon Cowell) y me lo pasé estupendamente. Lo hice bastante bien y volví a salir en el periódico. Toda aquella experiencia me serviría para el futuro.

En la escuela era un absoluto desastre en matemáticas, pero muy bueno en francés. Teníamos un campo enorme y yo siempre estaba practicando algún deporte. En eso ocupaba gran parte de mi tiempo. Aunque no fuera un estudiante destacado, me consideraba un chico inteligente, pero el hecho es que pasé demasiado tiempo haciendo el tonto. No me tomé demasiado en serio la escuela.

Recuerdo una clase de geografía en mi primer día en secundaria. Habían puesto a todos mis amigos en una clase diferente. No conocía a nadie y me sentí como si tuviera que volver a empezar. Entonces, un chico que se sentaba detrás de mí, Nick, se tiró un pedo y yo me empecé a reír y nos hicimos amigos (creo que no le va a gustar nada que lo haya contado...). A partir de aquello nos hicimos grandes amigos y solíamos sentarnos al final de la clase y cantar canciones tradicionales irlandesas junto a otro compañero que también se llamaba Niall. Los profesores solían enfadarse con nosotros. Siempre estábamos haciendo el tonto. Exceptuando la vez que nos pillaron haciendo novillos nunca me metí en problemas serios. ¡Nos cayó una buena!

Iba aprobando las asignaturas, y los profesores siempre me decían que tenía mucho potencial. Pero estaba demasiado ocupado perdiendo el tiempo o

P. ANT. IZQUIERDA: **POSANDO EN MI JARDÍN A LOS SEIS AÑOS**
P. ANT. DERECHA: **PREPARADO PARA LA BODA DE MI TÍO**

jugando al fútbol con mis amigos como para ponerme a estudiar en serio. Uno de mis profesores le dijo a mi madre que siempre estaba en las nubes.

A los once o doce años me rapé una V en la parte de atrás de la cabeza y me lo dejé largo por los lados. Hace poco estaba mirando fotos en casa y tengo que decir que ¡me da vergüenza verme así! Supongo que todos tenemos alguna foto embarazosa de algo que hicimos cuando éramos jóvenes, pero algunas de las mías son especialmente terribles. Me encantaría ver las pintas y los cortes de pelo del resto del grupo.

Siempre me ha gustado la música pop. Me encantaba Westlife y fui a ver varios conciertos suyos, así que conocerlos en persona en «Factor X» y charlar con ellos fue increíble. Son unos tipos estupendos, justo como me esperaba. Muy tranquilos y con los pies en el suelo. ¡Debe ser el toque irlandés!

Nunca tuve novia en la escuela porque no le veía mucho sentido a estar atado a los diez años o así. En cualquier caso, siempre fui un chico bastante tímido para ese tipo de cosas. Di mi primer beso a los once años, pero creo que lo he borrado de mi mente porque fue horrible. De hecho, no sé si puede contar como un beso.

Me eché novia a los trece, pero no duramos mucho y no he salido con muchas chicas desde entonces. Nunca he tenido novia seria, pero no me importaría tenerla si se presentara la chica adecuada.

Sólo tengo un hermano, Greg, que tiene seis años más que yo. Cuando éramos pequeños nos llevábamos fatal. Al recordar aquellos días pienso en él como el molesto hermano mayor, y él piensa en mí como el molesto hermano pequeño. Me fastidiaba hasta que me mirara a la cara y nos peleábamos constantemente, cosa que no era muy inteligente por mi parte ya que él era mucho mayor y más grande que yo.

Yo intentaba hacerme el mayor y salir con sus amigos, cosa que él odiaba. Cuando yo tenía trece años, él dejó la escuela y se puso a trabajar. Empezamos a llevarnos mejor cuando fuimos más mayores. Ahora nos queremos un montón y somos amigos además de hermanos.

YO INTENTABA HACERME EL MAYOR Y SALIR CON SUS AMIGOS, COSA QUE ÉL ODIABA

NUEVAS OPORTUNIDADES

Cuando me inscribí en «Factor X» estaba estudiando en el St Mary CBS y acababa de empezar el bachillerato. Mi plan era ir a la universidad y estudiar ingeniería de sonido, pero todo eso cambió cuando me clasifiqué para las finales en directo.

Siempre había querido entrar en «Factor X». Supongo que como todo el mundo al que le gusta cantar. Mi sueño era convertirme en un artista y ser respetado por mi música. En alguna ocasión me compararon con Justin Bieber, de lo cual no me puedo quejar.

Era verano y estábamos en un hotel de Londres junto a otros doscientos aspirantes y fue divertidísimo. Por supuesto, nuestro momento cumbre fue cuando decidieron formar una banda con nosotros cinco.

Estábamos muy emocionados y nos pasamos los números de teléfono antes de volver a casa. Habíamos decidido que teníamos que empezar a practicar juntos y conocernos antes de entrar a la Casa de los Jueces (hubiera sido de tontos no hacerlo).

Acordamos reunirnos en la casa del padrastro de Harry y nos instalamos en el bungalow del jardín. Aunque era bastante pequeño para nosotros cinco (sólo había un dormitorio), lo habían reformado recientemente y era bastante acogedor. Dormimos en colchones hinchables y en los sofás. Fue una forma de conocernos mejor y, para mí, es una de las mejores experiencias que he pasado en la banda ya que fue ahí donde comenzó todo para nosotros. Jugábamos al fútbol en el jardín y pasábamos el rato. Nos decíamos a nosotros mismos que al día siguiente nos levantaríamos a las nueve y empezaríamos a ensayar, pero en vez de eso, nos levantábamos a las doce y mirábamos la tele. Pero todo eso fue para bien, porque tuvimos la oportunidad de adaptarnos los unos a los otros antes de empezar a trabajar en serio. Al final todo funcionó de forma natural. Nos llevamos bien y nos hicimos grandes amigos casi al instante.

Lo pasamos de miedo todo el tiempo. Íbamos a los pubs, comíamos y comprábamos helados en la granja local. También caminamos muchísimo. Fue todo bastante relajante.

Una noche estábamos sentados alrededor de una hoguera en el jardín y oímos un grito que provenía del campo. Era una noche cerrada y no se veía nada, pero Liam se transformó en Superman. Zayn entró al bungalow, cogió una madera y le puso un trapo alrededor para hacer una especie de antorcha de fuego (parecía Braveheart). Ambos se acercaron para intentar localizar a la persona que nos estaba gritando. No fue hasta que nuestro héroe saltó la valla y vio a un enorme caballo corriendo hacia él cuando nos dimos cuenta que ¡Liam no era tan duro como habíamos pensado! Corría como un rayo y saltó de nuevo la valla lo más rápido que pudo. Nos moríamos de risa.

Para ser sinceros, sí que llegamos a ensayar alguna cosa. Liam y yo teníamos nuestras guitarras y sin ningún orden tocábamos canciones como *Crawl* de Chris Brown, *She's The One de Robbie* Williams o *Fix You* de Coldplay. Las cantábamos al unísono lo mejor que podíamos, teniendo en cuenta las limitaciones que teníamos como grupo.

No teníamos mucha idea de lo que estábamos haciendo y fuimos a Marbella esperando hacerlo lo mejor posible, pero sin saber realmente cómo nos iría. El tiempo que pasamos en España nos dio la oportunidad de seguir conociéndonos y ver cómo reaccionábamos en diferentes situaciones. Nos lo tomamos muy en serio, pero también nos aseguramos de pasarlo bien. Queríamos aprovecharlo al máximo. Probablemente fuimos la banda más ruidosa de todas (nos llamaban la atención con bastante frecuencia).

El día en que debían decirnos quién pasaba a la siguiente fase todo el mundo se levantó muy temprano a desayunar. El ambiente era muy tenso. No nos dieron el veredicto hasta última hora de la tarde, y los chicos y yo nos pasamos el día hablando de cómo creíamos que lo habíamos hecho, pero también haciendo bromas para intentar relajarnos un poco.

Cuando decidieron formar una banda con nosotros cinco, Simon nos dijo que nos estaba echando una mano y que esperaba mucho a cambio, así que

Ireland

1
DIRECTION

Freshman

no solamente hacíamos las cosas por nosotros mismos, sino también porque nos sentíamos en deuda con él. Nos había dado otra oportunidad y necesitábamos demostrarle que había tomado una decisión correcta y que había merecido la pena correr aquel riesgo. ¡Espero que lo hayamos conseguido!

Se me hizo eterno el tiempo que estuvimos esperando el veredicto. Escuchar un sí cambiaría las cosas para siempre, y yo no hacía más que recordar la última actuación y pensar si no la podríamos haber hecho mejor. Es difícil interpretar el rostro de Simon, (podría haber sido cualquiera), y cuando dijo que estábamos clasificados me pareció estar levitando.

Lo primero que hicimos cuando lo supimos, además de abrazarnos, fue llamar a nuestros padres. Estábamos alegres y felices, pero intentamos controlarlo porque compartimos el viaje de vuelta con el resto de participantes, incluyendo los que no se habían clasificado.

Volé a Londres y después a Dublín. Nos habían dicho que se lo podíamos decir a nuestras familias pero a nadie más. De alguna forma se filtró por internet y todo el mundo me preguntaba sobre ello, pero yo siempre decía: «Tienes que esperar y ver el programa».

Pasé dos o tres de semanas en casa antes de volver al concurso y se me hizo extraño hacer la maleta y marcharme, pero estaba deseando llegar a Londres. Como no sabía cuánto tiempo estaríamos fuera, ¡me llevé mi vida entera conmigo! Mi dormitorio quedó literalmente vacío cuando me marché.

Cuando llegamos a Londres nos alojamos en un hotel durante un par de días mientras terminaban de preparar la casa. Después nos trasladamos y, cuando vi nuestra habitación, me pregunté cómo íbamos a caber todos ahí dentro. Soy muy limpio, y no me gusta el desorden, o que mis cosas estén fuera de su sitio, pero Louis es la persona más desordenada que he conocido. Él dejaba todo por el suelo y yo solía recogerlo (al mirar atrás me pregunto por que haría tal cosa).

Teníamos la habitación tan desordenada que un día que estábamos fuera, Esther, del grupo Belle Amie, la limpió porque le pareció terrible que la tuviéramos así. La dejo súper limpia, pero no creo que permaneciera mucho tiempo en ese estado.

COMO NO SABÍA CUÁNTO TIEMPO ESTARÍAMOS FUERA ¡ME LLEVÉ MI VIDA ENTERA CONMIGO!

Michael Bublé fue, sin duda, el mejor famoso que conocí en el programa. Soy un enorme fan suyo, e incluso participé en un programa especial que grabó, así que siempre me quedará ese recuerdo. Es un genio absoluto, y cuando se enteró de mi admiración hacia él se acercó a mí y se presentó. Yo estaba alucinando. Alguna vez he escuchado que no es bueno conocer a tus ídolos, pero en mi caso ¡fue increíble!

Era tan normal y accesible que recuerdo que me escuché decir: «Me gasté doscientas libras en las entradas de tu concierto en Dublín y las tuve que regalar por "Factor X"». Él respondió: «Oye tío, cuando quieras entradas para mis conciertos no tienes más que decírmelo», pero yo me giré y dije: «No, Michael, tan sólo quiero mis doscientas libras». Él se empezó a reír y yo me tuve que ir a la prueba de sonido, así que supongo que no le ofendí demasiado.

Estuvo guay que Kate Perry me recordara de la audición. También nos reímos un montón con Cheryl durante el tiempo que duró el concurso. Louis estaba siempre bromeando con Cheryl, y a ella le encantaba. Asumía la broma y después se la devolvía. Es una chica muy natural. Es como la chica normal de tu barrio, pero cien veces más guapa.

LOCURA NAVIDEÑA

Fue una situación un poco extraña abandonar la casa de «Factor X» la mañana después de la final. Nuestra habitación estaba hecha un desastre y teníamos cosas en cada rincón. Tuvimos que recoger tres meses de ropa en una hora. Había unas furgonetas Mercedes esperándonos en la puerta y pensé: «¡Esto es vida! Creo que podré acostumbrarme».

Nos llevaron a un hotel de la parte oeste de Londres y tuvimos una reunión con nuestra compañía de representación para saber qué era lo que iba a pa-

sar en adelante. Nos contaron planes increíbles y no veíamos el momento de empezar. Aquella noche se celebró la fiesta de despedida y nos lo pasamos genial, pero teníamos que levantarnos a las cinco de la mañana, así que no nos pasamos demasiado.

Dimos unos cuantos conciertos y, después, cuatro días antes de Navidad, volví a casa para ver a mi familia. Y dormir mucho. Aproveché aquellos días para descansar, pero como no había hecho ninguna compra navideña tuve que salir para comprar todos los regalos. La gente me paraba por la calle para felicitarme, y por todos los sitios había pósters con mi foto en los que ponía: «Mucha suerte Niall» y «Buena suerte One Direction». Era surrealista.

Fueron unas Navidades extrañas. Casi no me parecía Navidad. Había estado tan ocupado que me había perdido todos los preparativos. Un día estaba tan cansado que me levanté a las once, cosa que no hago normalmente. Siempre me levanto el primero. Mis amigos y mi familia no me trataron de forma diferente. Tuve los regalos habituales por parte de ellos, y me alegré de estar en casa, alejado de aquel ritmo de locos.

Vivo con mi padre en el pueblo porque mis padres están divorciados, así que primero fui a comer a la casa de campo de mi madre. Después volví al pueblo y tuvimos una cena familiar. Resultó no ser una buena idea porque todas las tuberías estaban congeladas y no podíamos siquiera tirar de la cadena en el lavabo (¡qué malos momentos!). Al final fuimos a casa de mi primo, al otro lado de la carretera, y continuamos la fiesta allí.

Lo más curioso de todo el tema de «Factor X» es que acercó a mis padres un poco. Mi madre se ha vuelto a casar y yo me llevo genial con su marido, Cris, pero mi padre no le conocía muy bien. Como estuvieron hablando durante el tiempo que estuve en el programa y viajando a Londres para verme, se empezaron a llevar mejor. Recuerdo a mi padrastro charlando con mi padre en mi casa mientras preparaban un café. Yo miré a mi hermano Greg y le dije: «¿Esto está pasando realmente?» De hecho, mi padre y mi hermano estaban bastante distanciados y ahora se llevan mucho mejor, así que el programa les ha unido a todos un poco. Mi padre y el padre de Matt también se han hecho buenos amigos y todos los padres de los miembros del grupo intercambian mensajes o hablan por teléfono. ¡Es la familia 1D!

Mantuve el contacto con los chicos durante las Navidades y recuerdo que llamé a Louis el día de su cumpleaños. Esperaba que estuviera de fiesta, pero parecía muy tranquilo. Creo que estaba tan cansado que prefería relajarse, como el resto de nosotros.

Salí con mis amigos el día de Año Nuevo y me reconocieron un montón, pero yo también conozco a casi toda la gente y nadie me molestó, tan sólo querían hablar.

UNA VUELTA AL TRABAJO A LO GRANDE

Después de Año Nuevo hicimos algún concierto en lugares como Edimburgo, Leeds, Oxford, Hatfield, y también actuamos en un montón de fiestas privadas. Y, por supuesto, fuimos a LA.

El viaje fue una pasada. Incluso nos dejaron entrar en la sala VIP. A Liam, a Harry y a mí nos dieron un masaje mientras Louis y Zayn jugaban al billar. Era algo increíble. Fue un muy buen comienzo.

Vinieron a recibirnos montones de fans, pero fueron a esperarnos a la Terminal 5 y nosotros salimos por la Terminal 3, así que fue una pena no poder verlas. A la vuelta sí que nos cruzamos con muchísimas fans, seguro que ya has oído hablar de eso.

El vuelo duró once horas, pero yo estaba bastante nervioso y no pegué ojo. Estuve viendo películas. Después de aterrizar fuimos directos al hotel y de allí al estudio de Jim Henson. Era el creador de Los Muppets y aquello estaba plagado de ranas Gustavo. El estudio era lo más parecido a una gigantesca cabaña.

CUATRO DÍAS ANTES
DE NAVIDAD VOLVÍ
A CASA PARA VER
A MI FAMILIA. Y
DORMIR MUCHO

Nos reunimos con RedOne y su equipo de producción. Habían trabajado con Lady GaGa y otro montón de grandes artistas pero eran gente de lo más normal. También conocimos a Randy Jackson, un tipo estupendo. Después nos dijeron que Cher también estaba grabando allí. Fue estupendo verla de nuevo.

Yo había estado en Nueva York y Boston, pero nunca había visto nada como LA. Todo el mundo parecía ir a la última y ¡cada persona que te cruzabas por la calle parecía una celebridad! Además es gente muy tranquila, cosa que va bastante conmigo.

Tuvimos bastante trabajo, pero también disfrutamos de algo de tiempo libre para salir a comer o ir de compras. Por entonces ya nos conocíamos bastante mejor y nos sentíamos muy cómodos juntos. Fue como estar de viaje con cuatro de mis mejores amigos.

Aunque nos daba pena dejar LA estábamos listos para volver a casa, pero para lo que no estábamos preparados es para lo que nos encontramos en el aeropuerto al aterrizar. Había decenas de fans y fotógrafos esperándonos, y nosotros estábamos solos junto a Paul, nuestro promotor de gira. La seguridad del aeropuerto nos echó una mano, pero aquello fue una auténtica locura. Soy un poco claustrofóbico y la verdad es que me asusté cuando empezamos a correr para escondernos en la cabina del parking. Sólo me tranquilicé cuando la furgoneta de la policía vino en nuestra ayuda. Aún no me puedo creer lo que pasó. Todo parecía formar parte de un extraño sueño. Fue una experiencia bastante emocionante.

Hicimos los ensayos de la gira en Londres y Wakefield. Ensayamos en Londres con una banda en directo y aprendimos nuevos pasos de baile y formas de movernos sobre el escenario. Trabajamos con una excepcional coreógrafa llamada Beth y, aunque para algunos de nosotros fue bastante complicado inicialmente, creo que acabamos haciéndolo bastante bien. No siempre pillaba las cosas a la primera, pero una vez que me acostumbraba y le cogía el truco a ciertos movimientos acababa haciéndolo bien. Zayn ha mejorado muchísimo su forma de bailar. Es muy bueno. Es una cuestión de confianza en uno mismo ¿no? Y él trabaja constantemente en mejorar esa seguridad.

Light Structures es un inmenso almacén en Wakefield en el cual se instaló todo el montaje que usaríamos en la gira y donde ensayamos una y otra vez la actuación completa sin público. Era bastante extraño actuar sin espectadores, pero fue muy buena idea ya que así pudimos familiarizarnos con todo sin esperar al día del primer concierto. También tuvimos la oportunidad de conocer a algunos miembros del equipo con el que íbamos a viajar. Afortunadamente, eran gente estupenda y nos lo pasamos de maravilla con ellos. Soy bueno con los nombres y acabé por conocerlos a todos. De hecho, pasé bastante tiempo con muchos de ellos. ¡Un saludo para los conductores de los camiones Fred y Bobby!

Llegamos a Birmingham dos días antes del inicio de la gira e hicimos un ensayo de vestuario. Me quedé petrificado la noche del primer concierto. Había unas doce mil personas en el estadio y yo jamás había actuado para más de mil personas. Aquello estaba hasta la bandera y la presión era máxima. Había llegado el momento de probarnos a nosotros mismos. Llevábamos tiempo deseándolo, pero estábamos nerviosos a la vez. Queríamos realizar una brillante actuación para nuestras fans porque muchas de ellas nos estaban viendo por primera vez.

Al final todo salió estupendamente. Aluciné cuando vi al público y todas aquellas luces, pero no podía parar de sonreír. Ninguno de nosotros podía. Estábamos tan excitados que cuando acabó el concierto tardamos bastante tiempo en tranquilizarnos.

Sorprendentemente no nos metimos en ningún lío importante, a pesar de las ahora conocidas peleas de fruta.

La comida fue una parte importante de la gira para nosotros. El catering fue excelente y cada noche, antes de que fuéramos al bar o a nuestras habitaciones, solíamos salir a comprar comida para llevar. Cenamos algunas

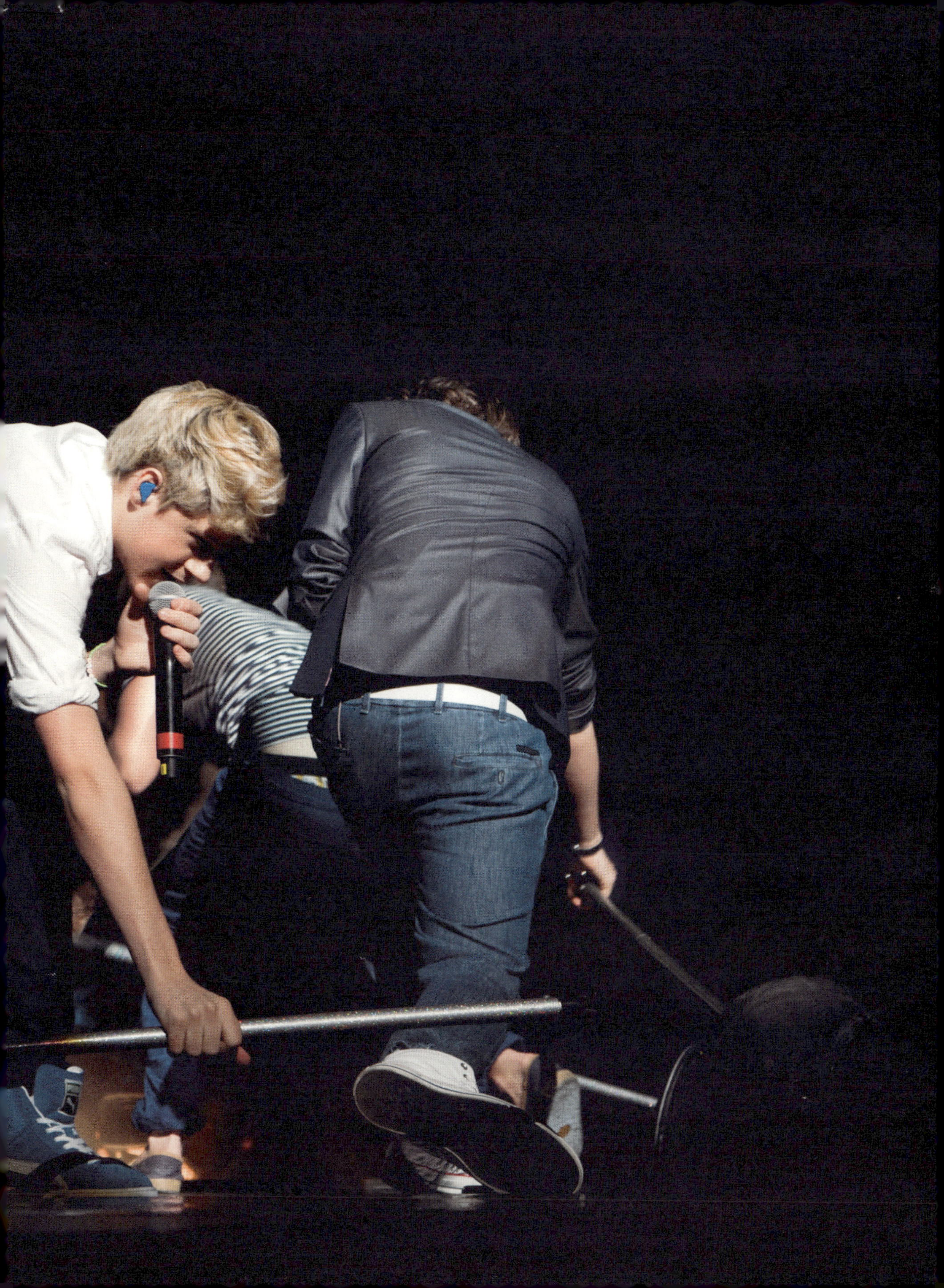

noches comida china y bastantes veces comida del Nandos. A veces, si teníamos unas pocas horas libres salíamos de compras o a comer algo antes del concierto. Estuvo bien poder conocer sitios distintos. Descubrimos un montón de restaurantes Nandos diferentes.

De todas las actuaciones que hicimos, la de Dublín fue, probablemente, mi preferida, y no sólo porque soy de allí. La respuesta del público fue increíble. Cuando acabó y salimos del recinto, parecía como si me hubiera pasado siete horas en un avión. Los oídos no dejaban de pitarme. Hicimos cinco actuaciones en la ciudad y cada una fue más ensordecedora que la anterior. Mi familia nos vino a ver. Se sentaron en la zona VIP y después vinieron con nosotros al hotel.

Desde Dublín fuimos a Belfast. Allí nos alojamos en un hotel fantástico y el público también se portó genial. Para ser sincero, el público es maravilloso allá donde vamos. No me puedo creer todo lo que nos apoyan. Algunas pancartas eran divertidísimas y pudimos conocer a un montón de fans. Algunas de ellas se alojaban en nuestro mismo hotel o esperaban fuera para poder hablar con nosotros y, aunque la seguridad era estricta, pasamos todo el tiempo que pudimos hablando con ellas.

Estábamos casi siempre ocupados. De vez en cuando teníamos un rato libre para ir de compras o hacer lo que fuera, pero la mayor parte del tiempo lo pasamos ocupados haciendo entrevistas para la prensa, grabando para la televisión o asistiendo a reuniones. Es increíble la intensidad que han adquirido nuestras vidas en tan poco tiempo. Sabía que estaríamos ocupados, pero no estoy seguro de si me había imaginado que todo iba a ser tan rápido. Aunque no nos quejamos. Tenemos presente lo afortunados que somos por estar donde estamos. Es con lo que siempre hemos soñado, así que cada madrugón o noche interminable merece la pena. Estamos disfrutando del mejor momento de nuestras vidas.

Durante la gira fui al bar la mayoría de las noches, pero no eran fiestas salvajes; era una forma de relajarme y charlar un rato. El estado de excitación dura un rato desde que te bajas del escenario y es bastante difícil irse a la

Warning
Noise level of
85dB(A) or above
Ear protectors
must be worn

SAFETY BELTS
MUST BE
WORN
AROUND
WAIST

cama así. Ésa era mi forma de tranquilizarme después de los conciertos. Otros preferían irse a sus habitaciones a ver la tele, pero a veces también se venían al bar y pasábamos un buen rato charlando sobre el concierto.

Pasamos mucho tiempo con el resto de los artistas de la gira. La presión era brutal en «Factor X», pero en la gira todos estábamos mucho más relajados. Era un tipo diferente de presión. Una presión que te permitía estar más tranquilo.

También pasamos buenos ratos en el autobús de la gira. Hacíamos el tonto o cantábamos todos juntos. La mayor parte del tiempo estábamos cantando o durmiendo.

Wagner fue una de las estrellas absolutas de la gira. Estaba constantemente contando chistes, incluso si eso suponía contarte el mismo chiste siete veces al día. Paige se comportó de forma bastante tranquila en el programa, pero en la gira se soltó y parecía una persona diferente. Es un tipo muy divertido. Creo que todos disfrutaron como nunca.

Celebramos varias fiestas en el tramo final de la gira, pero ninguna como la fiesta de fin de gira. Vino gente de nuestra promotora y de la discográfica, y también amigos y familia. Nos juntamos un buen grupo. Me quedé en la fiesta hasta las cuatro de la mañana y a las cinco tenía que dejar el hotel para coger el vuelo de vuelta a casa, así que no dormí nada. Imagínate lo cansado que estaba al día siguiente.

No fue una fiesta salvaje. Todo lo que hicimos fue sentarnos a charlar y decirnos lo mucho que nos echaríamos de menos. Y aún nos echamos de menos. Mantenemos el contacto con muchos de los participantes de la gira a través de Twitter o de los mensajes de la Blackberry. Fuimos un grupo muy unido y nunca volveremos a pasar por una experiencia como aquella.

Después de aquello me fui de vacaciones a España con mi padre y mi mejor amigo Sean. Conocemos a algunas personas allí y quedamos con ellas; nos los pasamos de miedo. Sean estaba estudiando duro para los exámenes, así que pensé que le iría bien un pequeño descanso y le pagué el viaje. También fue

DUBLÍN FUE MI ACTUACIÓN PREFERIDA, Y NO SÓLO PORQUE SOY DE ALLÍ

estupendo poder pasar todo aquel tiempo con mi padre, porque no le había visto demasiado durante la gira. Fuimos mucho a la playa, y a veces nos quedábamos en la piscina. Incluso encontramos un bar irlandés al que íbamos a comer. Fue genial. Cada vez que voy a casa disfruto descansando en compañía de mi familia o saliendo a dar una vuelta con mis amigos.

Un día, varias semanas después de la gira, nos pasó algo realmente divertido. Zayn, Liam y yo estábamos en un supermercado Tesco (no me acuerdo en cuál exactamente porque íbamos conduciendo y nos paramos cuando lo vimos) y había un chico delante nuestro en la cola con un sombrero parecido al de Matt Cardle. Empezamos a bromear sobre eso y, de repente, el chico se giró y ¡era él! Vaya casualidad. ¿Cuál es la probabilidad de que eso ocurra?

Después de la gira continuamos trabajando en el álbum y fue una experiencia increíble poder colaborar con productores de renombre que habían trabajado con algunos de los mejores artistas del mundo. Ir a Suecia fue una pasada, y volver a LA era lo que todos estábamos esperando. Tuvimos algunos encuentros con gente importante y continuamos trabajando en las canciones que habíamos comenzado la primera vez que estuvimos allí.

Nuestros objetivos con el álbum eran recrear el sonido de la banda, hacer algo que nadie estuviera haciendo en ese momento y, por supuesto, disfrutar del proceso de grabación. No queríamos acomodarnos y limitarnos a cantar baladas. Queríamos hacer grandes canciones que pudieran sorprender a la gente. Escribimos algunas canciones sencillamente sentándonos y poniendo ideas en común. Queríamos formar parte del proceso de composición. Por supuesto que puedes entrar al estudio y grabar una canción, pero puede que no sepas de qué habla. Hay una gran diferencia en cantar algo que has ayudado a crear. Decidimos desde el primer momento que queríamos estar realmente implicados, y nos sentimos muy afortunados al haber tenido la oportunidad de hacerlo.

Nos encanta ir a sitios y conocer a fans, y también nos gusta hacer entrevistas o sesiones de fotos. Hemos participado en programas de televisión de todo tipo y, cuantos más hacemos, más tenemos la sensación de que estamos mejorando como banda.

EL FUTURO ES BRILLANTE

No fui consciente de cuántas fans teníamos hasta que empezó la gira. Estaban en todos los sitios a los que íbamos. Tan pronto como averiguaban dónde nos alojaríamos, allá iban. Algunas veces había como seiscientas fans esperando a que saliéramos del hotel antes de las actuaciones. Cuando estuvimos en Dublín tuvieron que precintar la calle y, al otro lado, decenas de fans cantaban *Forever Young* al límite de sus voces. Fue alucinante. Harry lo grabó en vídeo y no deja de asombrarnos cada vez que lo vemos. Yo he ido a ver a bandas como The Script y Westlife en Dublín, pero nunca había visto nada como eso.

Tenemos las mejores fans del mundo. En el exterior del hotel en el que estuvimos alojados en Richmond hubo un montón de chicas en sacos de dormir o intentando reservar una habitación en la misma planta que la nuestra. Y todos los días, después de la escuela, se juntaban unas cuatrocientas o quinientas chicas allí. Es increíble cómo se corre la voz de dónde estaremos.

Sinceramente, no creo que ninguno de nosotros haya cambiado, y no creo que lo hagamos. Si pasas un día con nosotros comprobarás que somos unos tipos normales a los que les gusta divertirse. Obviamente, nuestra vida diaria ha cambiado, pero de verdad que no creo que a ninguno de nosotros se nos suba el éxito a la cabeza. ¡Nos hacemos demasiadas bromas entre nosotros como para que eso pase! Tenemos que ser prudentes sobre cosas como ir a comprar, porque aunque salgamos sólo un momento, si la gente nos reconoce, se puede armar una buena. Por eso ahora hacemos muchas de nuestras compras por internet.

Aún estoy impresionado por lo rápido que ha sido todo. Todavía nos tenemos que pellizcar cuando vamos a un programa de radio o nos piden autógrafos. Y estamos expectantes sobre lo que nos tiene deparado el futuro. Hemos pensado un montón en lo que queremos hacer e, incluso cuando estábamos disfrutando de la gira, estábamos deseando volver al estudio de grabación para seguir trabajando en el álbum. Eso es porque estábamos ansiosos de empezar, pero también sabemos lo importante que es no precipitarse y asegurarnos de que hacemos las cosas bien. ¡Queremos números uno! También queremos ir a los BRIT Awards (y, con un poco de suerte, ser nominados a algún premio).

A la vez, estamos entusiasmados con nuestro documental porque muestra una cara diferente de nosotros. Al principio fue divertido tener cámaras alrededor como en «Factor X», pero pronto nos acostumbramos a ellas y al final ni siquiera advertíamos su presencia. Así que, ¡puedes tener la seguridad de que lo que se revela es auténtico!

Ocurre lo mismo con la gira. Hemos estado planificándola durante mucho tiempo y seguiremos aportando ideas hasta el último minuto. Queremos que sea el mejor espectáculo que nuestras fans hayan visto nunca.

Mis deseos para el futuro son seguir haciendo lo que hacemos ahora y hacernos más grandes; más grandes y más fuertes. ¡Quiero visitar todos los sitios y hacer muchas cosas! Y queremos que tú nos acompañes.

CUESTIONARIO

FDN: 13/9/1993

SIGNO DEL ZODÍACO: Virgo

favoritos...

PELÍCULA: *Grease*, *El Padrino* y *Uno de los nuestros*

PARTE DEL CUERPO: Mis ojos

COMIDA: Pizza y Nandos

DISCO: «Crazy Love», de Michael Bublé

AMIGO: Stan

FAMOSA: Cheryl Cole

TIENDA: Topman

BEBIDA: Agua o Coca-Cola

COLOR: Azul

SERIE DE TELEVISIÓN: «Dos hombres y medio»

AFTERSHAVE: Armani Mania (es el aftershave más antiguo de Armani, pero creo que es el mejor)

PERFUME: Chanel Bleu, Victoria's Secret

JUEGO DE ORDENADOR: Fifa

APLICACIÓN DE IPHONE: Flick Kick Football, Sky Mobile

FORMAS DE PASAR UN DOMINGO: Durmiendo tanto como sea posible

LUGAR PARA UNA CITA: Nandos

PAÍS: Irlanda

RESTAURANTE: Nandos

CÓMO TE RELAJAS: Tocando la guitarra

MEDIO DE TRANSPORTE: Avión

NOCHE IDEAL: Divirtiéndome con mis amigos en Mullingar

GRUPO: The Script, The Coronas, The Eagles, The Kooks, The Doors, Thin Lizzy, Take That y Westlife

¿DE QUÉ COLOR ES LA FUNDA DE TU NÓRDICO? Blanca con estampados negros

¿QUÉ TIPO DE ROPA INTERIOR LLEVAS? Boxers, Calvin Klein (hoy llevo unos de los Simpsons)

PRIMERA MASCOTA: Dos peces de colores llamados Tom y Jerry que mi hermano mató al darles demasiada comida

¿SOLO O EN COMPAÑÍA? Las dos. Me encanta pasar tiempo con mis amigos pero a veces también necesito tiempo para mí mismo

ÚLTIMO LIBRO QUE HAS LEÍDO: *Forever Young* de One Direction

ÚLTIMAS CINCO COSAS QUE TE HAS COMPRADO: Una pizza, unos tejanos, unas zapatillas de deporte y un MacBook Pro

¿QUÉ TIPO DE CHICA TE GUSTA? Una con la que pueda hacer bromas y divertirme, y que le gusten las mismas cosas que a mí (si quieres salir conmigo tendrá que gustarte el fútbol. Soy seguidor del Derby Count y siempre lo seré). Me gustan las chicas de apariencia sencilla.

ZAYN MALIK

LOS PRIMEROS DÍAS

Crecí en una gran familia con cinco tías y dos tíos por parte de padre. Todos se casaron y tuvieron niños, así que tuve un montón de primos. No sabría decirte el número exacto, pero son más de veinte. Estamos muy unidos. Es como si fueran mis hermanos y hermanas.

Soy el único chico entre tres hermanas. He recibido una gran influencia femenina ya que no hay muchos chicos entre mis parientes (apenas somos unos cinco o seis en toda la familia). Este hecho ha determinado en gran parte mi forma de ser y podríamos decir que he desarrollado cierta sensibilidad. En consecuencia, entiendo a las mujeres mejor que la mayoría de los hombres. Compartí con mi madre y mis hermanas los buenos y los malos momentos, y a veces había días en que lo único que necesitaba era encerrarme en mi cuarto para estar solo. Era mi válvula de escape y aún lo sigo haciendo.

Soy el segundo hijo de la familia. Primero nació Doniya, después yo, luego Waliyha y, diez años después de mí, la pequeña Safaa. Waliyah es como

Megan, de la serie de televisión «Drake & Josh». Es una chica muy, muy lista, y si alguna vez te cruzas en su camino tendrás que estar muy atento para que no se salga con la suya.

Me gusta pensar que soy un buen hermano mayor. Cuido de mis hermanas, pero también soy bastante firme y me hacen caso cuando les digo que tienen que arreglar sus habitaciones o cosas por el estilo. Creo que soy bastante bueno con ellas. En cuanto tengo un poco de dinero les hago algún regalo y siempre estoy pendiente de ellas.

Mi recuerdo más lejano es el de ir a una feria con mi abuela y mi madre cuando tenía unos tres años. Todo parecía enorme. Recuerdo las luces brillantes y que me monté en el tiovivo.

De pequeño tenía fama de duro porque era bastante hiperactivo. Si comía algo de azúcar me subía por las paredes y no paraba de saltar de un cuarto a otro. Incluso cuando estaba en casa, mi madre solía atarme en el cochecito para que parara un rato. Mi energía no tenía fin. Pero al mismo tiempo, también era bastante reservado, y si algo me molestaba no lo decía. Creo que al ser el único chico me lo guardaba todo para mí y por eso pasé bastante tiempo encerrado en mí mismo. Era muy independiente y, en cierta forma, todavía lo sigo siendo.

No fui a la guardería porque estaba muy unido a mi padre y a él le gustaba tenerme a su lado, así que mi primera experiencia escolar fue en educación infantil. La noche anterior a que empezara el cole estaba tan ansioso por ponerme el uniforme escolar que no pude dormir.

Todo lo que hacíamos era divertirnos y jugar con arena. Aparte de eso, lo único que recuerdo son las sillas tan bajitas de la clase y la moqueta en la que nos sentábamos a la hora del cuento.

De pequeño era muy bueno en inglés y en lectura. A los ocho años, mi nivel de lectura se podía equiparar al de una chico de dieciocho. Mi abuelo estaba tan orgulloso de lo bueno que era que estaba constantemente motivándome para que leyera.

P. SIGUIENTE: **YA DESDE PEQUEÑO DISFRUTABA CANTANDO. AQUÍ ESTOY A LOS CUATRO AÑOS CON UN MICRO Y DOS GUITARRAS, SOÑANDO CON CONVERTIRME EN UNA ESTRELLA**

STORY

Me saqué la secundaria un año antes de lo debido y con sobresaliente. Quise volver a presentarme para sacar matrícula de honor, pero no me dejaron. En vez de eso, me obligaron a hacer más matemáticas, cosa a la que no le veía ningún sentido porque no las soportaba. También hice dibujo, y parece que tenía talento. Mi padre es un artista increíble, así que seguramente lo habré heredado de él. Todavía me encanta pintar y dibujar. Estoy planeando hacer algunos dibujos nuevos y colgarlos en nuestra web, así que estad atentas.

No hice muchos amigos en la primera escuela a la que asistí porque siempre estaba encerrado en mí mismo. Al cabo de un par de años me cambiaron de escuela y fue allí donde conocí a un chico llamado Sam. Nos llevábamos genial y fue mi mejor amigo hasta que dejé aquella escuela. Siempre fui el típico chico que sólo tiene un buen amigo, y eso no ha cambiado mucho. Por supuesto que me siento unido al resto del grupo, pero no soy de los que necesitan a un montón de gente alrededor.

Incluso ahora necesito un tiempo para confiar en la gente antes de actuar tal y como soy. Me gusta conocer gente, pero tengo que tener mucha confianza con las personas antes de pensar en ellas como amigos de verdad.

En algún momento llegué a pensar que no encajé bien en mis dos primeras escuelas porque era el único niño de ascendencia mixta. Mi abuelo Mohammed nació en Pakistan, y mi padre nació en Inglaterra. El padre de mi madre era irlandés y su madre era inglesa, así que soy irlandés, inglés y asiático, que es una buena mezcla.

Mi abuelo es de tez clara y ojos verdes, y toda esa rama de la familia tiene los ojos muy claros.

Cuando acabé la primaria, mi hermana mayor y yo nos cambiamos a una escuela diferente porque a ella no le gustaba a la que íbamos. Nuestra nueva escuela era mucho más diversa y sentí que encajaba mejor. Además, todas las chicas querían saber quién era ese chico nuevo. En aquel momento me convertí en un chico popular.

Tenía doce o trece años cuando empecé a cuidar mis aspecto. Solía levantarme media hora antes que mi hermana para arreglarme el pelo. Mi padre me cortaba el pelo desde los cinco años, así que también me ayudaba con el peinado. Cuando me hice un poco más mayor comencé a hacerlo yo mismo y me aficioné a la moda y a las chicas. Supongo que fue entonces cuando me convertí en la persona que soy hoy, al menos en lo que respecta al cuidado de mi aspecto físico, y pensaba que era un tío guay, aunque no fuera así.

En aquellos años llevé un par de peinados horribles y me afeité la cabeza varias veces, por no hablar de los cortes que me hice en las cejas. Me gustaba el R&B y el rap, y supongo que eso me hacía parecer más duro. Me creía un auténtico *gangsta*. También pasé por una fase más macarra, en la que llevaba todo el tiempo pantalones de chándal y sudaderas con capucha. De nuevo pensaba que tenía un aspecto genial, pero mirándolo en retrospectiva, puede que no fuera así...

Me encantaba el teatro escolar y con once o doce años participé en «Grease». Era demasiado bajo para el papel protagonista pero crearon un par de papeles nuevos para mí y otro chico llamado Aqib Khna, como miembros de la banda de los T-Birds. A Aqib le va bastante bien ahora (hizo el papel protagonista en la peli *West is West*) y me alegro mucho por él. Éramos buenos amigos en la escuela e hicimos algunas obras juntos. También participé en «Arabian Nights» e hice de Bugsy en «Bugsy Malone», lo cual fue todo un logro.

Me encantaba estar sobre el escenario y convertirme en otra persona. Ser otro personaje era muy liberador, y actuar me producía un subidón de adrenalina. En aquella época, cantar era algo secundario en mi vida. Me inscribí en el coro porque mi profesora, la señorita Fox, me lo pidió, y ésa es la forma en la que empecé en la música; pero para mí, lo más importante era subirme a un escenario para interpretar un papel.

Me hice buen amigo de Danny, un chico que iba conmigo a arte dramático. Era un año o dos mayor que yo y a través de él empecé a salir con chicos

ARRIBA: **PALOMITAS Y TARTA: ¡LA MEJOR DE CELEBRAR UN CUMPLEAÑOS!**
P. SIGUIENTE: **UNO DE MIS PRIMEROS REPORTAJES FOTOGRÁFICOS**

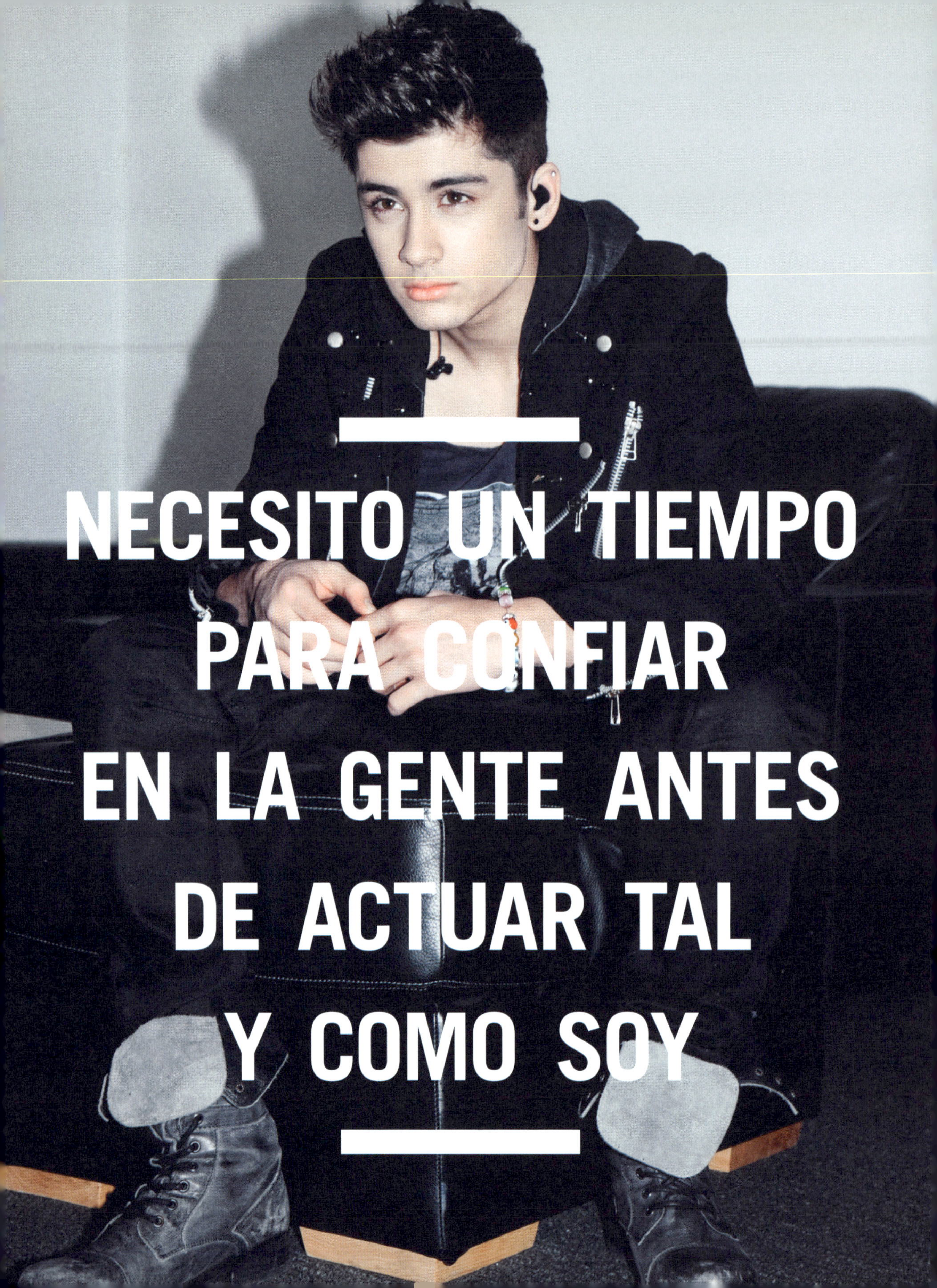
NECESITO UN TIEMPO
PARA CONFIAR
EN LA GENTE ANTES
DE ACTUAR TAL
Y COMO SOY

mayores. También me hice amigo de su hermano Anthony, que es dos años más joven que yo. Nos solíamos juntar los tres para ir al cine o a dar una vuelta. Éramos inseparables. Son todavía dos de mis mejores amigos y estamos en contacto continuo.

Fui bastante bajito para mi edad hasta sexto curso. Pero, de repente, en las vacaciones de verano, pegué un enorme estirón. Tenía hambre a todas horas y las piernas me dolían. Mi madre no sabía qué me pasaba, pero supongo que eran los dolores típicos del crecimiento. Fue prácticamente como si me hubiera ido a la cama y al día siguiente me hubiera despertado mucho más alto. Todo el mundo quedó asombrado cuando nos reencontramos después de las vacaciones. De repente había sobrepasado a un montón de chicas que antes del verano eran más altas que yo. Creo que la gente alucinó un poco.

Di mi primer beso a los nueve o diez años. Era tan bajito que tuve que coger un ladrillo, ponerlo junto a la pared y subirme encima de él para colocarme a la altura de la chica. Recuerdo que pensé: «Puaj, acabo de besar a una chica, es horrible» Fue sólo un pico, pero estaba paranoico por que la gente no se enterara. Pensaba que todos iban a saberlo simplemente mirándome.

Mi interés real por las chicas empezó a los doce o trece años. Las chicas se me acercaban y me preguntaban si querría salir con su amiga. Tuve mi primera novia a los quince años y la relación duró unos nueve meses. Sólo he tenido dos o tres novias serias.

No diría que me gusta un solo tipo de chicas. He madurado y ya no soy tan superficial como antes. La personalidad es muy importante para mí en estos momentos. Una persona puede ser la más atractiva del mundo, pero si es aburrida, ya no hay nada que hacer. Tienes que tener a tu lado a alguien que te aporte algo en el ámbito intelectual.

UN PASO DE GIGANTE

Toda la experiencia de «Factor X» fue muy extraña para mí. En la escuela nunca pensé que yo destacara especialmente, pero mi profesor de música me animó a intentarlo. A los quince años decidí dar el paso y fui a por la hoja de inscripción, pero me entró el miedo y ni siquiera la rellené. Me pasó lo mismo al año siguiente; pero a los diecisiete, me armé de valor y me inscribí en el concurso. Incluso después de eso, cuando llegó el día de la audición, ¡no quería ir! Me quedé en la cama sin querer levantarme. Fue mi madre la que hizo que me vistiera y saliera de casa.

Imagino que tenía miedo de ser rechazado, así que aluciné cuando me dijeron que pasaba a la siguiente fase. Pensé que me estaban tomando el pelo y que la gente se estaba riendo de lo malo que era.

La experiencia «Factor X» ha sido como un torbellino y, cuando estás en el centro, cuesta procesar las cosas. Todo ha ido muy rápido. De un día para otro estábamos caminando sobre alfombra rojas, conociendo a famosos y cantando para millones de personas. Cuando recuerdo todo aquello me doy cuenta de lo absorbente que fue. Dormimos muy poco y trabajábamos sin descanso, era como estar en el ejército. No ves la televisión, no sabes lo que está pasando en el mundo, y tu única preocupación es el concurso. Sientes como si vivieras al margen de la realidad.

Entré en el concurso justo después de acabar el primer año de bachillerato. En el instituto me dijeron que siempre tendrían una plaza para mí si decidía volver. Sin embargo, tan pronto como entré en el programa, me di cuenta de que eso era lo único que quería hacer. «Factor X» me cambió como persona. Yo era bastante reservado y se me hacía difícil hablar con gente que no conocía. Incluso cuando mi madre me decía que llamara al médico para pedir hora lo hacía a regañadientes, porque no soportaba la idea de hablar con un desconocido por teléfono. Ahora veo fans y me quedo tranquilamente charlando con ellas. El programa me dio mucha confianza en mí mismo, y me enseñó a ser más sociable. Estoy muy agradecido por ello.

Como banda estamos muy unidos, pero en otros aspectos creo que aún nos estamos conociendo. La primera vez que realmente intimamos fue cuando fuimos a casa del padrastro de Harry. Aunque pensándolo bien, tampoco nos conocimos del todo aquellos días. Nos habían concedido la maravillosa oportunidad de formar un grupo pero lo primero que pensé cuando lo supe fue: «¿Cómo demonios nos lo vamos a montar cinco chicos que vienen de sitios tan diferentes?» Afortunadamente, Louis y Harry son algo más organizados que yo, y enseguida nos plantearon quedarnos en Cheshire por ser el lugar que quedaba más a mano para todos.

Yo llegué a la casa más tarde porque tenía unos compromisos familiares. Cuando llegué me sentí un poco fuera de onda. Ellos ya llevaban tres días juntos y habían tenido tiempo de conocerse un poco; yo, sin embargo, aún tenía que romper el hielo.

Afortunadamente, los chicos son bastante sociables y divertidos, y en seguida me hicieron sentir parte del grupo. Nos sentábamos alrededor del fuego para cantar, veíamos la televisión y comíamos. Nos estábamos conociendo de la forma más natural posible.

Intimé con Louis bastante rápido porque él es como yo en muchos aspectos, pero también tuve varias discusiones con él por la misma razón. Harry tiene un sentido del humor bastante atrevido y enseguida me llevé bien con él; pero Liam fue la persona con la que mejor conecté porque es bastante serio y centrado. Pronto me di cuenta de que Niall estaba un poco loco. Es muy divertido y nunca se cansa. Debe de ser agotador ser él.

Supuestamente teníamos que ensayar algo durante aquellos días, pero no teníamos ni idea de lo que estábamos haciendo. Casi todos éramos solistas y cantar en grupo no tiene nada que ver. Nuestra idea de la armonía era la de cinco chicos cantando al mismo tiempo. También cantamos algún tema de Jason Derulo y Jay Sean. Nosotros pensábamos que estaban bien, pero en realidad no iban para nada con nuestro estilo.

Si te soy sincero, lo que hacíamos era probar cosas. No pensábamos: «Nos vamos a convertir en una banda famosa». Tan sólo queríamos intentarlo y

NUESTRA IDEA DE LA ARMONÍA ERA LA DE CINCO CHICOS CANTANDO AL MISMO TIEMPO

entrar en la Casa de los Jueces. También hablamos sobre si continuaríamos como banda en el caso de que no nos fuera bien en el programa, pero yo no pensé mucho en ello. Prefería hacer las cosas paso a paso. Cada paso adelante se convertía en un gran logro y nos unía más.

En la Casa de los Jueces, en Marbella, fue cuando empezamos a funcionar como banda. Fue la primera vez que hicimos una audición como grupo delante de Simon. Nos estábamos esforzando muchísimo.

Aquel viaje a España fue mi primera ocasión de ir al extranjero. Es uno de los sitios más bonitos del mundo. Nunca lo olvidaré. Tuve que sacarme el pasaporte porque antes de «Factor X» nunca me había preocupado por ello. De hecho, ni siquiera había estado en Londres antes de la prueba. Lo más lejos que había llegado era a Birmingham, para ir de compras, así que experimenté un montón de nuevas sensaciones en poco tiempo.

Los días que pasamos en la Casa de los Jueces fueron muy intensos, siempre estábamos grabando o ensayando y, aunque supuestamente no podíamos salir, Louis y yo fuimos un poco contra las normas y nos las ingeniamos para escaparnos un par de veces y desconectar un poco. Íbamos a una pizzería buenísima y nos sentábamos a comer en la playa mientras charlábamos tranquilamente. Para mí era increíble que desde la habitación de nuestro hotel se pudiera ver el mar. Nunca había visto nada así. No paré de reír durante los días que estuvimos en España. Fue increíble.

Me sentí bastante raro cuando supe que después de haber pasado por la Casa de los Jueces iríamos a la casa de los participantes. Nunca había estado separado de mi familia tantos días. Creo que para mi madre fue aún más duro porque soy su único hijo, así que no quería que me marchase. Todavía llora cada vez que tengo que irme de viaje. Yo le digo: «Mamá, no me voy a la guerra, tan sólo voy a trabajar».

Fue difícil despedirse de todo el mundo y entrar en la nueva casa. Yo nunca había compartido habitación y, de buenas a primeras, me vi con otros cuatro chicos en una pequeña habitación con literas. No tardamos mucho en convertirla en un auténtico desastre. Estaba completamente desordenada y olía fatal. Soy bastante ordenado y me gusta saber dónde están las cosas (puede que sea por la influencia femenina), pero a casi todos los demás parecía no importarles mucho y dejaban las cosas en cualquier sitio. Había calcetines por todo el suelo, ropa interior colgando de las lámparas y platos sucios. No era muy agradable que digamos.

Yo había llevado cuatro bolsas de deporte y las mantuve ordenadas en todo momento. Tenía bolsas para la ropa sucia y otras para la limpia, y las guardaba bajo la cama junto a mis zapatos perfectamente alineados. Louis era el más desordenado de todos. Cuando se quitaba la ropa para ir a la cama la tiraba al suelo. Al día siguiente, se levantaba, cogía ropa nueva y dejaba la del día anterior en el suelo, pisoteada. Imagínate ocho semanas así. Liam y yo ordenamos la habitación algunas veces, pero a los pocos días volvía a estar en el mismo estado otra vez, así que era una tarea inútil.

Dicho esto, muchos de los mejores recuerdos que tengo de «Factor X» fueron estando dentro de la casa. Nos lo pasábamos bomba jugando y comiendo juntos. También estuvo guay pisar una alfombra roja por primera vez. No puedo decir que fuera uno de los mejores momentos, pero sí que fue el más extraño. Yo nunca había visto a famosos, ni todo lo que se monta alrededor suyo. Si hubiera visto a algún famoso en el pasado no se me hubiera ocurrido pedirle un autógrafo ni nada de eso, así que me impresionó bastante ver todo el revuelo que se monta. Supongo que por eso me sorprende bastante que me pidan autógrafos, porque sólo soy yo, un chico normal.

A pesar de todo, llevo bien ser el centro de atención. Me encantan las fans y el apoyo que recibimos de la gente, es sólo que encuentro chocante el hecho de que me reconozcan sin que nos hayan presentado antes. La gente cree que ya te conoce por haberte visto pasar por diferentes fases en «Factor X». A veces es un poco como estar en *El show de Truman*. La gente te toma como amigo sin conocerte realmente, pero son muy agradables y siempre estoy dispuesto a hablar con ellos.

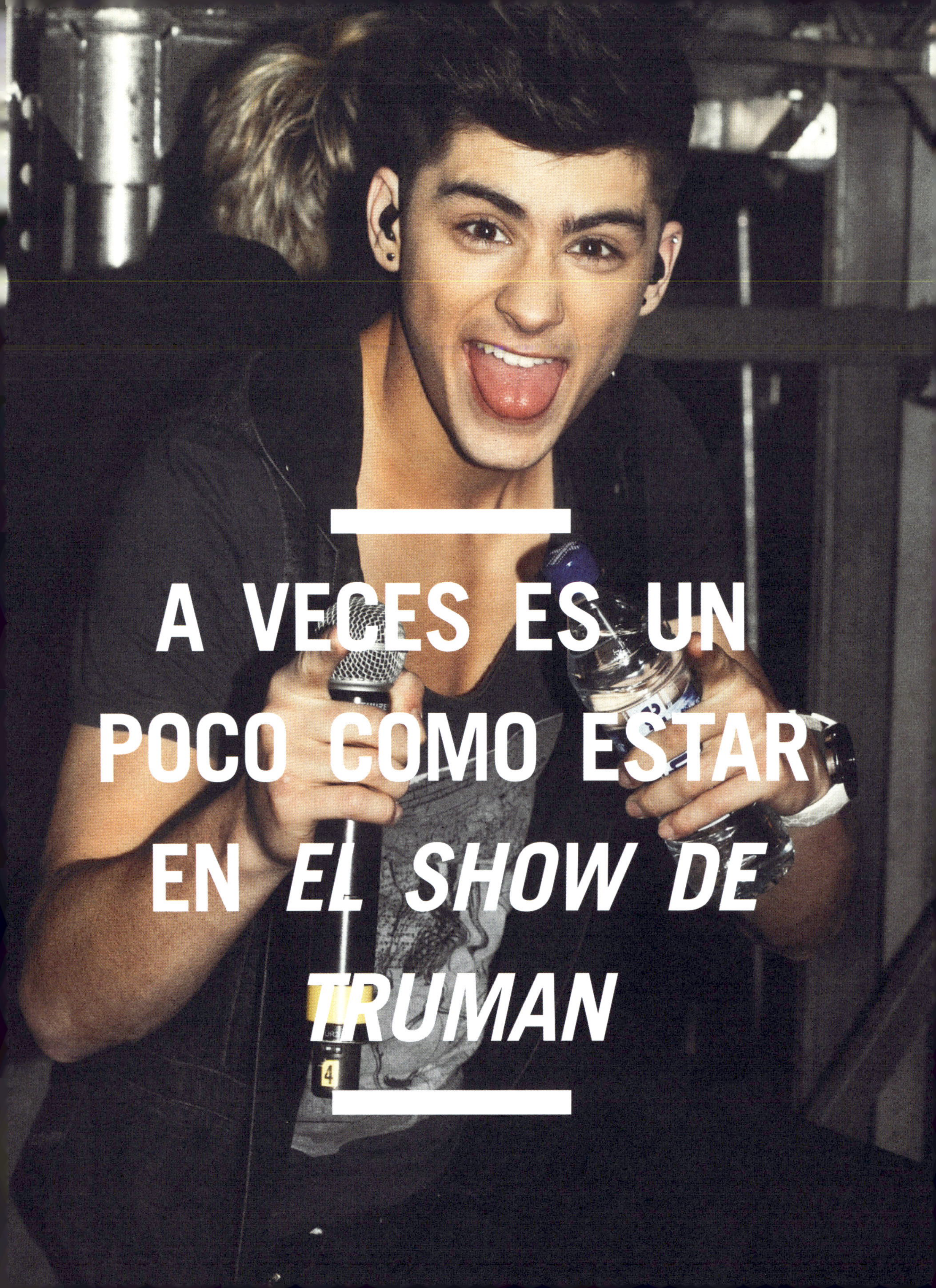

A VECES ES UN POCO COMO ESTAR EN *EL SHOW DE TRUMAN*

Fue increíble conocer a Robbie Williams en el programa. He de admitir que no era un gran fan suyo antes. No era el tipo de música que escuchaba, pero después de conocerle quedé totalmente convertido. Tiene un magnetismo especial que se hace evidente en cuanto entra en una habitación. Es una persona extraordinaria y sensata y, mientras el resto de los participantes se limitaron a cantar con Rihanna, Cristina Aguilera y Will.i.am, Robbie se quedó con nosotros todo el día para conocernos mejor. Estoy seguro que por eso se notó la química sobre el escenario.

¿Sabes cuando ves una actuación y se te pone la piel de gallina? Cantar con Robbie fue como tener esa sensación, pero multiplicada por diez. Estuve todo el día con una sonrisa de oreja a oreja, y cuando sea abuelo me sentiré orgulloso de poder enseñarle el video de la actuación a mis nietos.

Uno de los momentos más tristes que pasé en el programa fue con el fallecimiento de mi abuelo. Era una persona encantadora, siempre estaba bromeando y con una sonrisa en la cara. Guardo muy buenos recuerdos de él que siempre me acompañarán.

Llevaba enfermo una temporada y había tenido algún derrame cerebral, así que todos sabíamos que tenía que pasar. Sufría mucho en ese estado y, en cierta forma, fue mejor que ocurriera, si es que se puede decir algo así.

Me dio mucha pena no haber estado en casa cuando murió. Su canción favorita era *You Are So Beautiful* y tuve la suerte de poder cantarla con el grupo antes de que muriera. Dijo que quería que fuera esa versión la que sonara en el funeral, y así fue. Fue algo precioso y conmovedor. Los chicos también asistieron a la ceremonia, y fue agradable tenerles a mi lado en aquel momento. Me ayudó mucho su presencia.

STEWARD

ALEGRÍA NAVIDEÑA

Cuando acabó el programa nos fuimos cada uno a su casa, y todo volvió a la normalidad. Nadie en la familia me trató de forma diferente entonces ni lo hace ahora.

Aunque para mí sí que fue fue un poco extraño porque «Factor X» se había convertido en una especie de tradición navideña en mi casa. Era un programa que seguíamos y comentábamos en familia. Recuerdo estarlo viendo con mi madre el año que Alexandra y JLS iban empatados y finalmente ganó Joe McElderry. Ahora yo había estado allí.

Afortunadamente, ninguna otra costumbre navideña ha cambiado. Me levanto, desenvuelvo mis regalos, comemos... lo normal. Me regalaron un iPad y la verdad es que me entusiasmó. También me regalaron un gel de ducha, aftershaves y todas las cosas típicas de un adolescente. Yo también pude hacer algunos regalos a mi familia con el dinero que había ganado. Compré varios obsequios para mis hermanas y algunas joyas para mi madre. Estuvo genial poder hacer eso.

Toda la familia me ha apoyado mucho. A veces, mi madre o mi padre hablaban sobre el programa y me preguntaban sobre cuál sería el paso siguiente. Siempre he sido un chico muy casero y sé que me echaban de menos. Nunca me interesó emanciparme, era la persona más feliz del mundo quedándome con la familia, y por eso sé que ahora se les hace raro que pase tan poco tiempo en casa.

Mis amigos Anthony y Danny tampoco han cambiado nada. Ni siquiera hablamos demasiado sobre One Direction. Si quiero verlos, o jugar una partida a la Xbox, tan sólo tengo que pasarme por su casa. No quieren nada de mí. A algunos de mis parientes se les hace duro porque no quieren que parezca que han cambiado. Si hacen algo por mí no quieren que piense que lo hacen porque ahora soy popular, sino porque siempre lo han hecho así. La fama puede llevarte a pensar cosas extrañas y, a veces, la gente intenta tratarte mejor cuando en realidad no tienen por qué hacerlo.

La única vez que noté un cambio en Navidades fue cuando fui con mi hermana mayor a comprarle su regalo. Ella siempre había querido tener un par de botas Ugg, pero nunca nos las pudimos permitir, así que fuimos a Leeds a buscarlas. Yo aún no era consciente de que había perdido toda opción de privacidad, pero una persona que había allí me reconoció e hizo un comentario y, en unos segundos, el centro comercial estaba como paralizado. «¿Qué demonios está pasando?» pensé. A mi hermana también le pareció bastante extraño. Para ella tan sólo soy su hermano pequeño. A veces pienso que tiene que ser más difícil para mi familia que para mí.

Ahora aprecio mucho más el tiempo que paso con los míos. Las visitas son tan cortas que intento exprimir cada segundo. Por eso las Navidades fueron tan especiales. Pasamos todo el tiempo que pudimos juntos y nos lo pasamos de maravilla.

Durante esa época, sin embargo, no perdí el contacto con los chicos. Nos comportábamos como si fuéramos madres: «Te echo de menos. ¿Estás bien? ¿Qué haces? Te quiero, tío». Habíamos pasado tanto tiempo juntos que se nos hacía raro estar separados. En cierta forma era como estar lejos de mi familia.

No vinieron demasiadas fans a casa durante ese período (no creo que supieran dónde vivía), pero desde entonces me han llegado al buzón muchas cosas, sobre todo en el día de San Valentín. También se ha dado el caso de algunas chicas que han venido y se han puesto a gritar hacia la ventana del dormitorio de mi hermana porque se pensaban que era el mío. En general, creo que mi familia se ha acabado acostumbrando a ese tipo de cosas.

Curiosamente, algunas de las chicas populares de la escuela se comportan ahora de forma muy amigable conmigo. No es que se me hubiera dado mal ligar antes de esto, pero tenía que hacer un cierto esfuerzo. Ahora ya no. Eso te hace comprender algunos de los aspectos que conlleva la fama, pero soy consciente de lo que es bueno para mí y lo que no lo es, y en quién puedo confiar.

Las Navidades fueron una doble celebración para el grupo porque habíamos firmado un contrato discográfico. Era sencillamente increíble. Nos afectó bastante saber que habíamos quedado en tercera posición en «Factor X». Yo me dije a mí mismo que no lloraría, pero cuando nos bajamos del escenario y vi a Harry llorando, abrazado a su madre, me vine abajo. Entonces nos abrazamos y comencé a llorar. Alguien nos dijo: «Esto no es el final, esto es sólo el comienzo». Pero no teníamos ni idea de lo que iba a pasar. Creo que muchas de aquellas lágrimas fueron porque el programa se había acabado. Nos habíamos acostumbrado a la seguridad de saber lo que íbamos a hacer cada día, y ahora no sabíamos cómo afrontar aquella nueva situación. Era un capítulo de nuestras vidas que se había acabado, aunque nuestra carrera justo se disponía a despegar.

Niall también lloraba, pero Louis intentaba animarnos diciendo que todo iba a ir bien. Liam se lo tomó con bastante serenidad. Él ya había recibido alguna negativa con anterioridad y, en cierta forma, sabía cómo encajarlo, pero nosotros estábamos desolados. Después nos dijeron que Simon nos esperaba en su camerino. Nos sentamos frente a él mientras nos analizaba con esa mirada tan característica suya. Era como estar en la Casa de los Jueces de nuevo. De repente, dijo: «Lo habéis hecho genial en el programa. Sony os fichará mañana por la mañana». Harry empezó a llorar de nuevo y nosotros nos quedamos en estado de shock. Simon nos abrazó y nos dijo: «Vais a estar bien, no os preocupéis por haber quedado los terceros». Acto seguido bajamos al bar y nos dejaron que se lo contáramos a nuestras familias. Una noche digna de recordar.

Después de eso dimos un montón de conciertos y todo era nuevo para mí. Yo nunca había ido a ninguna discoteca, aunque mis amigos sí que salían, así que hasta eso fue una nueva experiencia para mí.

La verdad es que yo tenía una vida muy tranquila y aburrida antes de entrar en el grupo. Disfrutaba de las pequeñas cosas, como estar en mi casa jugando con el ordenador, así que todo lo que me está ocurriendo me permite aprender nuevas cosas.

Disfruté con los conciertos desde el primer instante. Me encantaba sentir la adrenalina cuando subía a un escenario y veía a las fans. Los conciertos que hicimos en locales para menores de dieciocho años fueron una auténtica locura, pero después del segundo o tercero ya sabíamos a qué atenernos.

PLANES Y ACCIÓN

Tenía ganas de que llegaran las vacaciones de Navidad para celebrar todo lo que había pasado. Había planeado quedar con los amigos y tomar unas copas en plan tranquilo, pero al final no fue así. Como he dicho antes, nunca me ha gustado demasiado salir por la noche, pero si se presentaba la oportunidad de salir y pasarlo bien tampoco la desaprovechaba. Esa noche me invitaron a un montón de fiestas (algunas de ellas organizadas por gente a la que ni siquiera conocía).

Un día mis colegas tenían ganas de desmadrarse y al final fue una noche un poco loca. Por la mañana me desperté en el suelo del lavabo, en una casa desconocida. Me levanté y, mientras caminaba hacia casa, por primera vez en mucho tiempo me sentí un chico normal. Me había acostumbrado a estar en un coche la mayor parte del tiempo y fue genial respirar el aire fresco mientras paseaba disfrutando de la soledad.

Después de Año Nuevo volví a Londres. Fue difícil despedirme de todo el mundo otra vez, pero estaba expectante por averiguar lo que nos deparaba el futuro. Tuvimos una reunión en la que hablamos sobre la programación del año y parecía que iba a ser bastante movido.

No es fácil hablar de todo lo que pasó aquellos días. Básicamente lo que hicimos fue trasladarnos de hotel en hotel. Planeamos buscar una casa, pero aún no lo hemos hecho. Hablamos de compartir piso, pero como pasamos cada minuto del día juntos, finalmente pensamos que tal vez no era la mejor idea. Liam quiere irse a vivir con un amigo, y Harry con Louis. Como Niall es tan activo y yo soy bastante tranquilo, acordamos que no viviríamos juntos. No

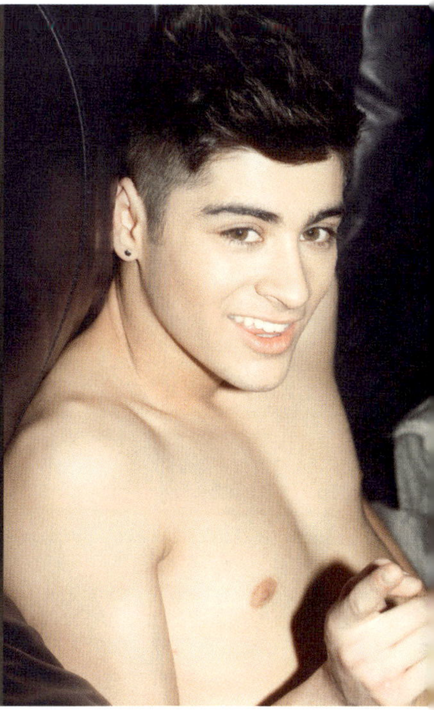

GUNS N
ROSES

hubo ningún drama; sencillamente fuimos honestos sobre la situación. Para mí, irme a vivir solo a un sitio nuevo significa un gran cambio. Hasta ahora nunca había vivido en Londres, nunca había vivido solo y, obviamente, nunca había sido famoso. Ahora ha venido todo a la vez. Pero es tremendamente agradable poder sacar la ropa de un armario en vez de una maleta. Soy muy bueno haciendo maletas, pero es mucho más cómodo saber dónde está todo y tener un sitio de referencia. Creo que tener un lugar donde vivir es una necesidad básica.

Pasamos gran parte del mes de enero dando conciertos o comenzando a trabajar en el álbum en diferentes estudios de grabación. Para mí, la mejor parte de estar en la banda es el tiempo que pasamos en el estudio. ¡Me encanta el rollo de estar juntos y pedir pizza! El proceso de grabación es mucho más divertido cuando estás en una banda porque siempre tienes a alguien con quien charlar, jugar o trabajar en alguna canción. Participamos en la autoría de buena parte de las canciones, cosa que me encantó porque siempre me ha interesado la poesía. Para mí, escribir una canción es lo mismo que escribir poesía, pero con una melodía de fondo. La vida de estudio está hecha para mí.

En febrero fuimos a Los Ángeles para grabar parte del disco. Fue alucinante. Aquello es un mundo diferente, aunque por un momento llegué a pensar que no podría entrar en el país. Los chicos habían pasado el control de pasaportes sin problema y cuando llegó mi turno, una mujer me paró y llamó a Paul, el promotor de la gira, y le dijo: «Hay un problema con él. Nos tiene que acompañar». Me llevaron a una sala y yo pensé que me iban a retener durante horas, pero afortunadamente, la mujer que vino a hablar conmigo sabía quién era Simon Cowell y que yo estaba en la banda. Estuve contestando durante una hora a preguntas sobre qué hacía allí y por qué quería visitar Estados Unidos. Lo que había pasado es que mi nombre era similar al de una persona que estaban buscando y tenían que actuar con cautela. Me volvieron a parar en la zona de aduanas, pero no pasó nada. Por fin había llegado. Los Ángeles me esperaba.

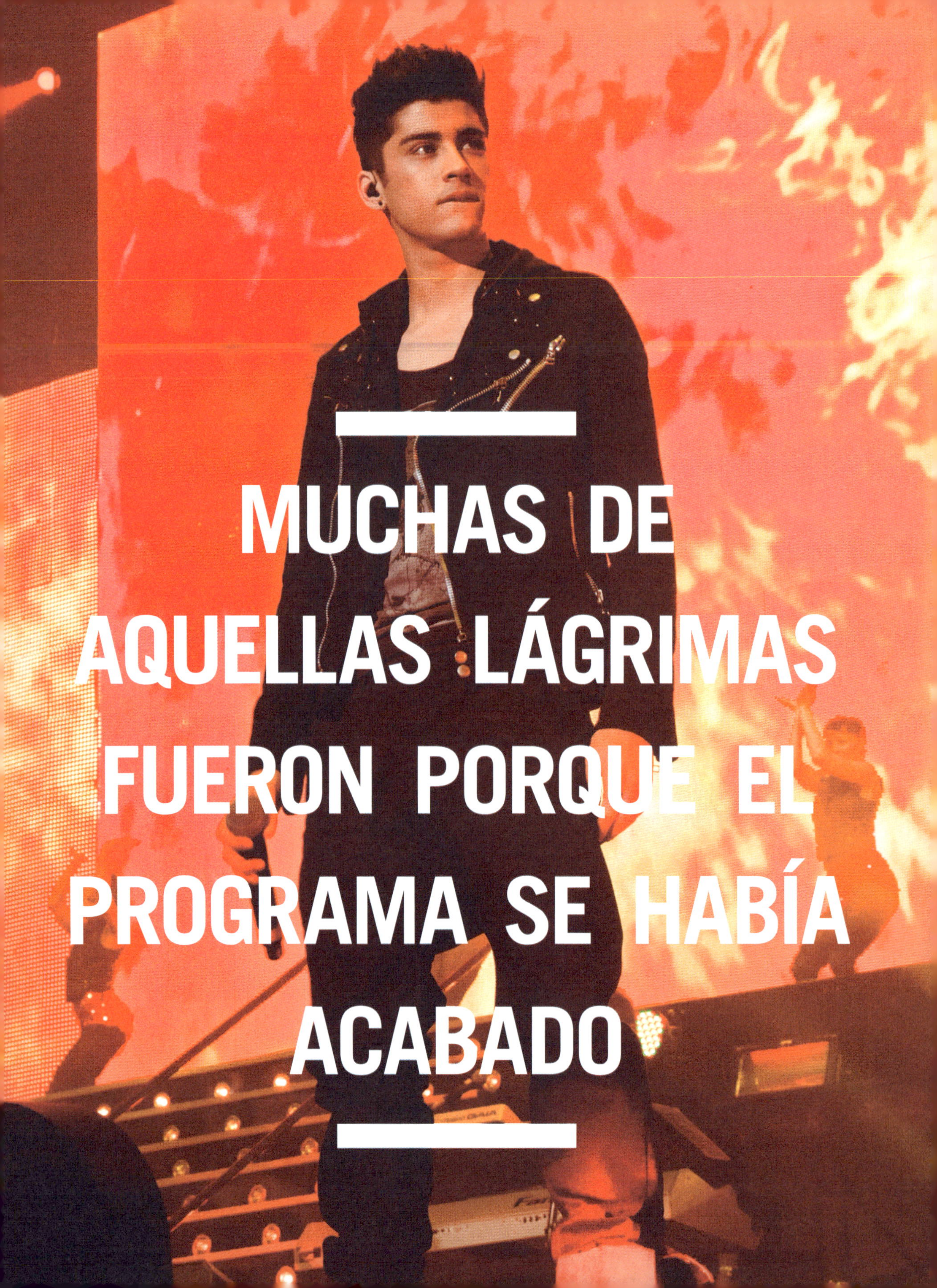

MUCHAS DE AQUELLAS LÁGRIMAS FUERON PORQUE EL PROGRAMA SE HABÍA ACABADO

Todo es mucho más grande en LA que en Reino Unido. Las carreteras son como cinco veces más grandes e incluso un tamaño normal de cualquier comida para llevar es como el tamaño grande en Inglaterra. Y el tamaño grande es gigante. Cuando llegamos al hotel un hombre nos saludó desde la puerta: «Pero bueno, si los chicos ya están aquí. ¿Cómo va eso? Venga, entrad». Había gente que te ofrecía botellines de agua en las calles y te daba los buenos días. Eso es inimaginable en Inglaterra. Era como un cuento de hadas.

Grabar con el equipo de RedOne fue increíble. Han trabajado con las mayores estrellas del mundo de la música. Pero eran gente agradable, gente normal. El clima era templado y soleado, así que íbamos con camisetas y pantalones cortos e intentábamos disfrutar de cada minuto. También salíamos bastante para comer.

Hicimos un montón de compras. Me encantan las zapatillas de deporte de caña alta y me compré varios pares porque allí son mucho más baratas. Incluso cubren las zapatillas con film transparente para que no se dañen cuando las cojas. Eso da una idea del valor que le dan a las zapatillas de deporte. Yo siempre las he cuidado bien. Solía guardarlas en sus cajas para conservarlas mejor.

Compré unas Nike de color negro de edición limitada que me costaron unos trescientos dólares. Sé que es mucho dinero, pero son chulísimas. Las tuve durante un tiempo dentro del armario porque me daba cosa ponérmelas.

Ya me estoy acostumbrando a viajar. Lo pasé mal la primera vez que volé a España, pero ahora no me molesta en absoluto. A pesar de todo, eché de menos Inglaterra. Me lo pasé de maravilla allí y estoy deseando volver, pero me sentí feliz cuando regresamos a Reino Unido. En el aeropuerto de Heathrow vivimos la experiencia más surrealista de todas por las que hemos pasado hasta ahora. Nos habían dicho que había unas doscientas fans esperándonos, así que estábamos preparados para firmar autógrafos y todo eso. Pero cuando salimos y vimos venir hacia nosotros aquel inmenso grupo de gente, comenzamos a correr hacia el interior del aeropuerto. No había plan. Simplemente nos mantuvimos unidos y corrimos. Sólo teníamos a Paul, el promotor de la gira, y a algunos miembros de la seguridad del aeropuerto. Debía de haber como seiscientas o setecientas chicas. A mí me estiraron del pelo y de la ropa, y a Louis le arrancaron la mitad de su sudadera. Nos metimos en una cabina del parking y cerramos la puerta. Todas aquellas chicas nos miraban desde fuera. Era como una película de zombies. Al final, Paul tuvo que llamar a la policía, y conseguimos salir de allí. Fue la cosa más emocionante que he vivido nunca.

¡ESTO ES TODO!

Los ensayos para la gira de «Factor X» me fueron bastante bien (incluso el baile). Mi confianza había aumentado bastante desde los días del Bootcamp y disfruté con los chicos durante todo el proceso de aprendizaje. Nos emocionamos cuando nos dijeron que haríamos la gira, y fue tan bien como esperábamos. Era como estar en el programa pero más relajado. Tuvimos tiempo libre para hacer compras, pudimos quedarnos en la cama hasta más tarde y salir a comer a los sitios que nos gustaban. Y después, cada noche, nos subíamos al escenario y nos convertíamos en estrellas del pop. Si te soy sincero, no puedo imaginar una vida mejor que esa.

La reacción del público fue increíble. Había gente de todas las edades gritándonos y pasándolo bien. Hace un año, me hubiera puesto malo sólo de imaginarme sobre un escenario delante de tanta gente, pero ahora salgo y me muevo por el escenario con muchas más seguridad. Es la mejor sensación que existe.

No fuimos en absoluto exigentes en aquella gira. En el camerino que compartíamos con el resto de intérpretes masculinos teníamos una cesta que llenaban con bebidas, dulces, patatas fritas y fruta, pero eso era todo. Estuvo bien compartir el camerino y pasar el rato con gente como Aiden y Matt porque son geniales. Aiden se parece mucho a mí. Es bastante tranquilo y reservado y nos llevamos muy bien. También me llevo bien con Wagner.

HAMILTON
&
AIRBANK

Es muy divertido y tiene infinidad de historias que contar. Todo el mundo le escucha con interés y yo esperaba impaciente a escuchar una de sus historias. Para mí es toda una leyenda viviente.

Tuvimos bastantes fiestas durante la gira. Siempre había un bar privado donde relajarnos y charlar después de las actuaciones. Ése era un momento estupendo para ponernos al día con la gente. Todos teníamos nuestras propias habitaciones, así que, si necesitábamos tiempo para nosotros, lo teníamos. Pasar algo de tiempo solo fue lo que me mantuvo cuerdo.

Irlanda fue uno mis lugares preferidos de la gira. Les apasiona de verdad «Factor X». Tocar en Wembley también fue una pasada. Si por mí fuese, estaríamos siempre de gira.

Los más sorprendente sobre la fama es que no te das cuenta de lo fácil que es que te reconozcan. Louis y yo quisimos salir una noche, pero no pudimos debido a la cantidad de gente que había. Además, si salimos juntos, es aún más difícil pasar desapercibido. Hace poco fui con mi madre al supermercado y, como llevaba un sombrero y gafas oscuras, no se dieron cuenta de quién era hasta que estaba saliendo. Siempre se puede encontrar la forma de estar solo si necesitas un momento de tranquilidad.

Es muy extraño pensar que llegará un día en el que no me acordaré de nada de esto y todavía habrá gente que dirá: «¡Eh, eres tú!» Y yo pensaré: «Soy tan sólo Zayn Malik, aquel chico de Bradford que solía quedarse en su habitación jugando con el ordenador».

La atención de la prensa también me asusta un poco. Me preocupa que me vean como una mala persona. Todo el mundo comete errores, pero cuando eres famoso aparece en todas partes. Aún no sé cómo manejar todo este asunto. Quiero mostrarme abierto, pero aún estoy aprendiendo en quién puedo confiar y hasta qué punto.

Nos han pasado cosas de lo más disparatadas desde que estamos en la banda. El futbolista Rio Ferdinand nos invitó a su restaurante, tenemos nuestro propio merchandising a la venta y grabamos un anuncio para Nintendo.

LA ATENCIÓN DE LA PRENSA ME ASUSTA UN POCO. NO QUIERO QUE ME VEAN COMO UNA MALA PERSONA

La grabación se llevó a cabo en un encantador hotel londinense y todo fue muy natural. Simplemente nos grabaron haciendo el tonto, jugando a la DS y echándonos unas risas. Fue una barbaridad todas las cosas que hicimos sin tan siquiera haber grabado nuestro primer disco. Estábamos entusiasmados con la idea de hacer música y que todo el mundo pudiera escucharla.

Esperamos ansiosos la publicación del libro sobre nuestra participación en «Factor X». Fue entonces, en las firmas de libros, donde nos dimos cuenta realmente de la cantidad de fans que teníamos. No hubo ni un solo momento aburrido durante estos actos y nos hicieron un montón de regalos. Nos trajeron chocolate y rosas, ¡y a Liam le regalaron incluso algunos juguetes de Play-Doh!

Las firmas de libros fueron unos de los primeros actos promocionales que realizamos. También hicimos algunas sesiones de fotos, cosa que no me importa porque soy un poco exhibicionista. También nos invitaron al programa de Alan Titchmarsh, y eso fue aún más raro que haber estado en «Factor X». Había ido todo tan rápido que aún no éramos conscientes de hasta dónde habíamos llegado, pero si nos habían invitado al programa de Alan era porque debíamos ser bastante famosos.

Viví otra de esas sensaciones extrañas en casa de uno de mis amigos. Estábamos viendo la tele y de repente salió el anuncio de Nintendo. Es de locos. Sólo tengo dos amigos íntimos, Danny y Anthony, y a ellos les encanta que yo sea tan conocido. Estamos en contacto permanente.

Comenzamos a trabajar en el documental a principios de aquel año. No nos incomodó la presencia constante de las cámaras porque durante nuestra estancia en «Factor X» no hicimos otra cosa que estar delante de los objetivos. Ya teníamos un montón de experiencia, así que no nos intimidó. Nos dedicamos a ser nosotros mismos. Cuando ya te has acostumbrado a las cámaras, llega un momento en el que te olvidas de que están ahí. Actuamos con total naturalidad, así que el documental da una imagen muy exacta de cómo somos en realidad.

La fiesta de despedida fue fantástica. La gente bailaba y disfrutaba, pero yo me fui a mi habitación hacia medianoche. Supongo que parecí un soso en

PEACE

comparación con el resto, pero tenía que coger un vuelo a España por la mañana. Me entristeció acabar la gira, pero también necesitaba unas vacaciones.

Grabar el disco fue increíble. Me encanta todo lo que tenga que ver con letras de canciones y la experiencia de estudio. Nunca había estado en Suecia e ir allí fue algo totalmente nuevo y apasionante. También disfrutamos volviendo a LA, porque la primera vez sólo estuvimos cinco días y no pudimos ver gran cosa. Esta vez nos quedamos allí tres semanas y tuvimos tiempo suficiente para salir y conocer más lugares.

Me parece raro recordar los días anteriores a «Factor X», cuando no tenía pasaporte y nunca había salido de Reino Unido. Ahora, de repente, he tenido la oportunidad de ir a muchos lugares increíbles. Es extraño pero gratificante a la vez... Actualmente, hasta disfruto cuando voy en avión.

Desde el momento en el que comenzamos a grabar el disco nos dimos cuenta de que sorprenderíamos a la gente, porque no sonamos como la típica banda de chicos. No hay nada en este momento con un sonido parecido al nuestro. Es completamente nuevo. Es el sonido de One Direction.

Alucinamos cuando supimos que íbamos a hacer nuestra propia gira. Por primera vez no se trataba de una gira conjunta como la de «Factor X». Es la de One Direction. Nos han dado la oportunidad de brillar y mostrarle a la gente todo lo que hemos mejorado y avanzado desde el programa.

Todo este tiempo ha sido muy interesante y divertido, y estoy ansioso por conocer todo lo que vendrá. Estoy seguro de que estará plagado de buenas sorpresas.

CUESTIONARIO

FDN: 12/1/1993

SIGNO DEL ZODÍACO: Capricornio

favoritos...

LIBRO: «Harry Potter»

PELÍCULA: *Diarios de la calle*

PARTE DEL CUERPO: Mi mandíbula

COMIDA: Pollo

DISCO: «Donell Jones»

AMIGO: Liam Payne

FAMOSA: Megan Fox

TIENDA: Topman

BEBIDA: Red Bull

COLOR: Rojo

SERIE DE TELEVISIÓN: «Padre de familia»

AFTERSHAVE: Unforgivable, de Sean John

PERFUME: No sé los nombres, pero me gustan los de olor dulce

JUEGO DE ORDENADOR: Halo

APLICACIÓN DE IPHONE: Fat Face

FORMAS DE PASAR UN DOMINGO: En la cama

LUGAR PARA UNA CITA: Nandos

MEDIO DE TRANSPORTE: Coche

NOCHE IDEAL: Cine

GRUPO: *NSYNC

¿DE QUÉ COLOR ES LA FUNDA DE TU NÓRDICO? Negra

PRIMERA MASCOTA: Un perro precioso que se llamaba Tyson

¿SOLO O EN COMPAÑÍA? Solo. Me gusta la gente, pero también me gusta estar solo

ÚLTIMO LIBRO QUE HAS LEÍDO: *El niño sin nombre*

ÚLTIMAS CINCO COSAS QUE TE HAS COMPRADO: Ropa, ropa, ropa, ropa y más ropa

¿QUÉ TIPO DE CHICA TE GUSTA? Una que me comprenda. No tengo un tipo especial definido. Alguien con quien me sienta cómodo y a quien pueda mimar.

Ninja

056
FEMALE
ARTISTS

ABERCROMBIE
When Teenage Meets Old
BBC TWO

music
is
the

GALAXIA

ENERGIE

11:17
Games
TalkBakWrdz
29 %
Mail
Photos
iPod

music

DIRECTION

AGRADECIMIENTOS

ONE DIRECTION: Nos gustaría dar las gracias a todos los que nos han ayudado a alcanzar este impresionante hito. ¡Nuestro libro oficial! Nos sentimos muy orgullosos. A todos los que nos han apoyado antes de estar en One Direction, especialmente a nuestras familias y amigos. ¡Gracias!

A toda la gente con la que hemos trabajado este pasado año, agradecemos enormemente vuestra guía, diligencia, ánimos y confianza. ¡Vamos a hacer todo lo que esté en nuestras manos para hacer que os sintáis orgullosos!

Finalmente, a nuestras fans. Es difícil no caer en el tópico, pero ¡sin vosotras no habríamos llegado hasta aquí! Vuestra generosidad y amor nos sorprende cada día. ¡GRACIAS! Os queremos.

HARRY: Han sido unos meses increíbles. Primero la gira de «Factor X» y después la grabación del disco. Hay algunas personas a las que quiero dar las gracias.

Gracias a Simon Cowell, Sonny Takhtar, Tyler Brown, Mark Hardy, Kim «Jimmy» Davidson, Reema Chuhan, Russel Eslamafir, Simon Jones y a todo el mundo en SYCO y Sony.

Un gran abrazo a Richard Griffiths, Harry Magee, Will Bloomfield, Marco Gastel, Katie Ray, Annecka Griffiths, Emily Montgomery y a toda la gente de Modest Management.

Gracias también a Nicola Carson e Innis Ferguson por cuidar de nosotros en Estados Unidos, y por enseñarnos los secretos del café de máquina.

Quiero agradecer a mi familia su apoyo incondicional durante todo este tiempo: mamá, papá, mi hermana, Robin, Mike, Amy, Noel y Archie. A mis primos Matthew, Ben y Ella, y a mis tíos Mike y Dee. También quiero darle las gracias a mi abuelo Brian por ser la mejor persona del mundo. Asimismo, quiero agradecer a mi abuela Beryl por contestar a todas mis llamadas. Gracias también a mis abuelos Mary y Keith por cuidarme.

Gracias a mis amigos por estar siempre a mi lado: John, Ben, Nick, Naomi, Emilie, Ashley, Sophie, Ellis, Lydia y Will. Me encanta veros, aunque no ocurre con mucha frecuencia... os echo de menos, chicos.

Quiero darle las gracias a mi hermana, de nuevo, por entender que estuviera ocupado, y a la vez que pudiera contar con ella cuando tenía un tiempo libre. Te quiero.

Muchísimas gracias a nuestro promotor de gira Paul Higgings. Nos ayudaste muchísimo. No podríamos haber tenido a alguien mejor a nuestro lado...

Especial agradecimiento a nuestro equipo de seguridad, que lleva a cabo un trabajo increíble.

Gracias a Ali Barker y Savan por supervisarnos y ayudarnos con todas las cosas nuevas a las que nos enfrentamos durante la grabación del disco.

Muchas gracias a nuestras fans, cuyo apoyo es impresionante... sois maravillosas, y sin vosotras no estaríamos aquí. Gracias.

También quisiera dar las gracias a Alex Kadis por sus consejos y por estar siempre dispuesta a hablar... y por ayudarme a ver las cosas desde otros puntos de vista... es la mejor «profesora»

Gracias, Danny, por tus palabras y por ser tú mismo... ¡Aún estoy reflexionando sobre tus sabias palabras!

Gracias a Louis, Liam, Zayn y Niall por ser tan trabajadores y tan buena gente... es increíble que elijamos pasar más tiempo juntos después de estar todo el día trabajando sin separarnos.

Lo siento de corazón si me he dejado a alguien... Os quiero a todos.

LIAM: Gracias a mi madre y a mi padre por su apoyo. Esté donde esté, ellos siempre están al otro lado del teléfono cuando les necesito. Gracias a mis hermanas Nicola y Ruth por salir conmigo de paseo cuando estoy aburrido en casa y aguantarme cuando tengo un mal día. Quisiera volver a agradecer a todo el equipo de producción de «Factor X» por ayudarnos durante todo aquel tiempo.

También quisiera dar las gracias a algunas personas que me ayudaron antes de todo esto: Jamie del Great Western Pub, por darme la oportunidad de cantar en público; Graham Lauren por sus clases de canto; Roysten, Nick y Ashley y su equipo por sus cortes de pelo.

A Ronnie, Paul y Hannah, y sus familias por su duro trabajo y ayuda, por hacer las cosas divertidas y emocionantes incluso si tan sólo tenía un público de tres personas. Quiero agradecer también a todas las personas que nos ayudan durante las veinticuatro horas del día; Preston e Ian de seguridad por hacernos reír; y Paul por ser un promotor de gira fabuloso y tratarnos como un hermano mayor (no he querido decir como un padre...) y por estar siempre disponible para nosotros.

A Lou de peluquería y maquillaje y a Caroline y Lydia por cuidar siempre nuestro estilo.

Gracias también a Vicky y el maravilloso equipo de HarperCollins por transformar los pensamientos en palabras y por todo vuestro duro trabajo.

Gracias a toda la gente que escribe canciones para nosotros. Hacéis un trabajo buenísimo y me encanta prácticamente todo lo que escucho. Especialmente a Rami por escribir nuestro primer single.

También quisiera agradecer a nuestro equipo de SYCO: Kim y Mark, de marketing por sus magníficas ideas, Sonny y Tayler de A&R (departamento de promoción de nuevos talentos) por encontrar las mejores canciones para nosotros y, por ultimo, gracias a Simon por ser un gran jefe.

Gracias a Richard, Harry y Will, y a Marco y Emily, de promoción, por colocarnos en la mejor posición posible.

Gracias de corazón a los chicos por convertiros en los cuatro mejores amigos/hermanos que tengo. Habéis hecho de esto algo asombroso y emocionante y no tendría sentido sin vosotros.

Por último, el mayor de los agradecimientos para nuestras fans. No importa en qué lugar del mundo nos encontremos, que vosotras siempre estáis ahí. Os queremos. Muchas gracias.

Siento si me he olvidado de alguien, pero también agradezco tu ayuda ¡No seas muy duro conmigo por haberte olvidado!

LOUIS: Los últimos años han sido increíbles. Quisiera detenerme un momento para agradecer a todas las personas que han contribuido a que estos momentos que estoy viviendo sean tan especiales.

Quisiera empezar agradeciendo la ayuda de Simon, Sonny, y a toda la gente en SYCO que estuvo involucrada en la decisión de ofrecernos un contrato. Ali Barker, gracias por ayudarnos en las fases iniciales del disco. Y por supuesto, a Tyler Brown por aguantar nuestras bromas constantes.

Mi sincero agradecimiento para Lou Teasdale. Eres guapísima e hiciste un gran trabajo arreglando un horrible corte de pelo en forma de champiñón.

Toda la gente de Modest Management se ha portado genial. Un agradecimiento especial para Harry y Richard. Me han proporcionado algunos recuerdos divertidísimos, como cuando me puse el abrigo de Richard y su «elegantísima» gorra del Manchester United. A Annecka y Will, grandes amigos durante la gira. Me reí mucho con vosotros. Muchas gracias a Will Bloomfield, nuestro actual manager, y objetivo de muchas de nuestras bromas. Marco, mantén el duro trabajo y ese toque milanés.

Mi agradecimiento más especial para Paul Higgins, un gran líder, pero también un gran amigo para todos nosotros. Y por supuesto a Preston. Gracias por dejarnos asomar la cabeza por el techo solar del coche y permitirnos beber en el trabajo (¡esto ultimo es broma!).

Mamá, tu has sido mi mejor amiga durante toda esta experiencia. Nunca podré agradecerte lo suficiente tu ayuda. Gracias por ser tan abnegada y generosa. Te quiero.

Gracias al resto de mi familia y amigos, especialmente mi padre, mis cuatro encantadoras hermanas (qué rápido crecen), a mis abuelos, a mi abuela Olive, mi tía Rach, y Stan y Hannah. También me gustaría volver a darles las gracias a mis abuelos Edna y a Leonard. Os echo de menos. Sé que mi abuela se lo contará todo a sus amigas de baile y mi abuelo a sus amigos en las partidas de dominó en el bar. Os quiero mucho.

Mención especial para el coronel KFC por darme la oportunidad de vivir la experiencia «Krushems» algo que me acompañará durante toda la vida. Gracias Coronel, estoy verdaderamente agradecido. También doy las gracias, no podía ser menos, a Mecca Bingo. Sin un juego tan fantástico mi vida no estaría completa.

Un enorme agradecimiento a todas las fans por el apoyo que nos brindaron durante nuestra estancia en «Factor X», durante la gira y por comprar nuestro primer single. No seríamos nada sin vosotras, gracias por todo. ¡Os queremos! ☺

Por ultimo, gracias a los cuatro chicos que han hecho que no pierda la sonrisa durante todo esta maravillosa experiencia: Harry, Liam, Zayn y Niall. Me siento afortunado de haberos conocido.

Estoy verdaderamente agradecido a toda la gente que he mencionado. Sois un tesoro para mí.

Gracias de todo corazón.

NIALL: Me gustaría comenzar diciendo que han sido los meses más apasionantes de mi vida. Hemos vivido la increíble experiencia de formar parte de la gira de «Factor X». Hemos grabado nuestro primer disco, y durante el proceso hemos tenido la oportunidad de viajar un montón; hemos ido a Suecia y a LA, y hemos trabajado con algunos de los mejores productores del mundo.

Durante todo este proceso, hemos recibido la ayuda y la guía de gente increíble. ¡Es a todos ellos a los que me gustaría agradecer a continuación!

Gracias a nuestro promotor de gira, el único e incomparable Paul Higgins, que nos acompaña a todas partes y está con nosotros las veinticuatro horas del día. Sin ti hubiéramos estado perdidos, eres un fuera de serie (obviamente, ser irlandés juega un papel importante...). Muchas gracias también a los chicos de seguridad.

También quisiera dar las gracias a nuestro promotor jefe, Will Bloomfield, y a su asistente Marco Gastel, que se ha portado maravillosamente con nosotros. El conocimiento que tiene Will de la industria de la música es infinito y siempre está dispuesto a echarnos una mano. Gracias a toda la gente de Modest Management, la columna vertebral de todo esto: Richard y Harry, Katie Day, Ben Evans y Nicola Carson (nuestra manager en Estados Unidos). Gracias por estar ahí y ayudarnos. Nunca os lo podremos agradecer lo suficiente.

Gracias a SYCO Music, especialmente a nuestros A&R y los jefes de marketing.

Gracias a toda la gente que nos ha acompañado durante este año. Ha sido impresionante y estamos muy agradecidos por todo lo que ha pasado y por la gente que hemos conocido.

Quiero agradecer también la labor de los maravillosos productores y compositores con los que hemos trabajado: el incomparable Savan Kotecha, que nos ha acompañado desde los primeros días de la gira y ha escrito algunas canciones con nosotros, Steve Robson, Wayne Hector, Steve Macc, Jamie Scott, a todos los chicos de Metrophonic, Rami Yacoub, RedOne y su equipo, Andrew Frampton, Kojak, Claude Kelly, Andreas y Josef, de Quiz Larossi, Matt Squire y Toby Gad. Ha sido increíble trabajar con vosotros.

Un sincero agradecimiento a todas nuestras fans alrededor del mundo. No seríamos nada sin vosotras. Para nosotros sois todas especiales, habéis sido maravillosas en todos los sitios a los que hemos ido, en la gira, en la calle, en nuestras firmas de libros, y, por supuesto, en Twitter y Facebook, donde intentamos en la medida de lo posible manteneros informadas de nuestro día a día. Prometemos manteneros al tanto de todo, os queremos muchísimo y ¡esperamos que sigáis con nosotros!

Un agradecimiento especial a los chicos: Harry, Zayn, Liam y Louis, por hacer de este año el mejor de mi vida, por todas las risas y todas las gamberradas, y por la amistad que tenemos... literalmente, mis cuatro mejores amigos. Os quiero, tíos.

¡Gracias a todo el mundo! Ha sido genial trabajar con vosotros y que nos hayáis convertido en lo que somos: One Direction.

Con mucho cariño,

Nialler

ZAYN: Esta etapa ha sido memorable y me gustaría dar las gracias a toda la gente que ha contribuido a que haya sido así.

También me gustaría decir que me lo he pasado genial con el grupo durante este año, y espero que queden muchos más por venir.

Quisiera agradecer a mi familia y amigos todo su apoyo y su fe en mí. También me gustaría dar las gracias a Modest Management por brindarme esta maravillosa oportunidad, y a Simon y su sello discográfico SYCO por confiar en mí.

Publicado originalmente en inglés por HarperCollins Publishers Ltd. con el título *Dare to Dream: Life as One Direction*

Av. Diagonal, 662-664, 08034 Barcelona (España)
Editado por Timun Mas
Libros Cúpula es marca registrada por Scyla Editores, S.A.
Este libro se comercializa bajo el sello Libros Cúpula

Primera edición: julio de 2012
Segunda impresión: julio de 2012
Tercera impresión: septiembre de 2012

ISBN: 978-84-480-0570-2

Depósito legal: B. 11.200-2012
Impreso en España- Printed in Spain